DIAS LENTOS, ENCONTROS FUGAZES

Eve Babitz

DIAS LENTOS, ENCONTROS FUGAZES

O mundo, a carne e Los Angeles

Tradução
Cecilia Madonna Young

1ª edição

Rio de Janeiro | 2025

Copyright © 1974, 1976, 1977 by Eve Babitz
Copyright da introdução © by Matthew Specktor

Todos os direitos reservados.

Título original: *Slow Days Fast Company: The World, the Flesh, and L.A.*

Capa de Giovanna Cianelli sobre fotografia do acervo de Mirandi Babitz.

Todos os direitos reservados. É proibido reproduzir, armazenar ou transmitir partes deste livro, através de quaisquer meios, sem prévia autorização por escrito.

CIP-BRASIL. CATALOGAÇÃO NA PUBLICAÇÃO
SINDICATO NACIONAL DOS EDITORES DE LIVROS, RJ

B113d   Babitz, Eve
       Dias lentos, encontros fugazes : o mundo, a carne e
       Los Angeles / Eve Babitz ; tradução Cecilia Madonna
       Young. - 1. ed. - Rio de Janeiro : Amarcord, 2025.

       Tradução de: Slow days, fast company: the world, the flash,
      and L.A.
       ISBN 978-65-85854-20-7

       1. Ficção americana. I. Young, Cecilia Madonna. II. Título.

24-93738   CDD: 813
                     CDU: 82-3(73)

Gabriela Faray Ferreira Lopes - Bibliotecária - CRB-7/6643

Texto revisado segundo o Acordo Ortográfico da Língua Portuguesa de 1990.

Direitos desta edição adquiridos pela
AMARCORD
Um selo da
EDITORA RECORD LTDA.
Rua Argentina, 171 — Rio de Janeiro, RJ — 20921-380
Tel.: (21) 2585-2000.

Seja um leitor preferencial Record.
Cadastre-se no site www.record.com.br
e receba informações sobre nossos lançamentos e
nossas promoções.

Atendimento e venda direta ao leitor:
sac@record.com.br

Impresso no Brasil
2025

SUMÁRIO

Introdução, *por Matthew Specktor*   7

Dias lentos	19
Bakersfield	27
Escaletas	53
Estádio dos Dodger	67
Heroína	85
Siroco	103
Chuva	119
Dia horrível em Palm Springs	145
Emerald Bay	183
The Garden of Allah	203

INTRODUÇÃO

Qualquer escritor ou escritora pode não se ajustar ao seu tempo, mas um grande escritor ou uma grande escritora se vincula, de forma inexorável, a um lugar. Em seu local de origem ou em exílio, determinados escritores têm um tom e caráter na obra tão condicionados e tão impregnados pelo *locus* da criação que se torna quase impossível considerá-los de forma separada. É o caso de Eve Babitz, cujos romances são bem californianos, não apenas em suas particularidades regionais — não consigo pensar em nenhum outro artefato cultural que melhor preserve a Sunset Boulevard por volta de 1974 do que *Dias lentos, encontros fugazes* —, mas também no método e no modo. Isso é uma força, naturalmente: a Los Angeles de Babitz é tão verdadeira em suas idiossincrasias quanto o Mississippi de William Faulkner e tão diferente desse lugar quanto é da Los Angeles de Joan Didion, à qual nunca se sobrepõe. Contudo, há, às vezes, uma tendência irritante, sexista e provinciana de se imaginar que o trabalho de Babitz é uma consequência acidental, talvez até desimportante, de sua biografia glamourosa. Reluto em tocar nesse assunto. Babitz estudou na Hollywood High. Seu padrinho era Igor Stravinsky. Aos vinte anos, foi fotografada na famosa partida de xadrez desnuda com Marcel Duchamp (apenas ela, lamentavelmente, está nua; o artista está vestido). Dito isso, começar a expor os nomes dos amantes de Babitz é começar a construir a parede que oculta a vista de sua obra. Ainda que os nomes famosos sejam levados em consideração no seu trabalho, o que de fato acontece — os livros de Babitz são sobretudo fofoqueiros —, é importante saber que um de seus amores foi, diga-se de passagem, o vocalista de uma banda de rock famosa dos anos sessenta, que morreu numa banheira em Paris, ou que outro atingiu o estrelato numa trilogia ainda mais popular de filmes de ficção científica, e assim por diante? Mais ou menos. Todavia, no momento em que esses nomes são designados (em *Dias lentos, encontros fugazes*, eles aparecem, na maioria das vezes, como pseudônimos, ou são negligenciados de uma forma que parece propositalmente displicente), Babitz deixa de ser a heroína de sua própria biografia literária; ela se torna só mais uma arapuca, um conto de cunho não tão admoestatório, uma garota da noite respingada de genialidade em vez de (essa distinção parece importante) um gênio de verdade, que, por acaso, gosta de festas. E daí? O século XX é repleto de gênios *masculinos* lendários que desfrutavam de ópio, baseado, birita, sexo e cocaína, mas quase nunca esses titãs, em particular, expõem as drogas e seduções primeiro.

"Não dá para escrever uma história sobre L.A. que não tenha uma reviravolta ou que não se perca no meio do caminho" — Babitz faz essa observação logo no início de *Dias lentos, encontros fugazes*. Uma frase que parece, por um lado, uma espécie de declaração enigmática que os livros sobre Los

Angeles tendem a evocar (veja, por exemplo, a primeira frase célebre de *Abaixo de zero*, de Bret Easton Ellis); por outro, uma afirmação de uma estética e de uma intenção. Algumas páginas adiante, ela menciona:

> Eu não consigo seguir um fio de pensamento do começo ao fim e construir uma ficção linear. Eu não consigo manter tudo sob meu controle nem interromper a ascensão de rajadas de sentidos ocultos e repentinos. Mas, talvez, se todos os detalhes forem reunidos, uma vibração e uma noção de lugar emergirão, e a integridade do espaço vazio com figuras ocasionais na paisagem poderá ser compreendida com calma e em sua totalidade.

Além de ser uma articulação excepcional tanto do processo quanto da abordagem (como Babitz se supera em "ascensão de rajadas de sentidos ocultos e repentinos"), essa passagem é reveladora de outras maneiras. Babitz sabe tudo sobre o que ela chama de "ficção linear"; há quase tantos comentários fundamentados sobre Marcel Proust, Virginia Woolf e Henry James nestas páginas quanto há sobre festas e fármacos, e, de fato, seu senso de forma e de construção de narrativa não é mais casual ou atenuado que o de seus pares históricos próximos (afora Didion e Renata Adler — o trabalho é mais bem-feito que, digamos, os de Kurt Vonnegut e Richard Brautigan, e nenhum deles jamais se desculpou pela construção ficcional rebelde). Mas essas referências à "integridade do espaço vazio" e às "figuras ocasionais na paisagem" também valem a pena serem notadas. Babitz era, a princípio, artista visual — fez colagens para as capas de álbuns da Atlantic Records nos anos sessenta, as mais famosas foram as das bandas Buffalo Springfield e The Byrds —, então um certo senso visual também corre por este livro, uma preocupação nervosa (como os artistas da costa Oeste são dados a ter) com a luz.

As mulheres se moviam com facilidade pelo pátio e pelo quintal enorme, segurando drinques, parecendo levemente entretidas com seus ventres ovais cobertos por tecidos de algodão floridos. As alianças nos dedos refletiam o crepúsculo rosa, as pulseiras de ouro capturavam a luz das colinas cor de mostarda.

Mas lá fora a tarde estava de morte: nenhum óculos escuros era capaz de proteger as retinas, e até os poros se retraíam com toda aquela luz.

A manha descritiva de Babitz seria motivo suficiente para recomendar *Dias lentos, encontros fugazes* — a primeira passagem citada é um Renoir em duas frases —, mas é sua inteligência aforística feroz que enfim rouba a cena. O livro é organizado geograficamente e por vezes meteorologicamente. Cada capítulo descreve um local em particular (Bakersfield, Palm Springs, Laguna Beach — como qualquer bom nativo de Los Angeles, Babitz está sempre num voo que parte da cidade; como qualquer escritor forte, ela está, sem cessar, lutando contra as complexidades mais amargas de sua região) ou um fenômeno climático: a chuva ou os ventos de Santa Ana. Em vez de considerar os ventos apocalípticos, como Didion e Raymond Chandler, Babitz os saúda exultante:

Uma vez, quando tinha quinze anos, caminhei uma tarde inteira no cimento vazio sob quarenta e três graus de ventos secos e quentes só para senti-los, sozinha. O resto das pessoas se escondiam em casa.

Conheço esse tipo de vento como os esquimós conhecem a neve.

A essa exuberância, retornarei em instantes — parece uma qualidade particularmente turbulenta, pelo menos em relação aos aspectos mais calvinistas da lógica estadunidense —, mas o que de fato diferencia *Dias lentos, encontros fugazes* é a força e a compressão radical de seu pensamento. Declaradamente uma história de amor endereçada a um parceiro masculino sem nome, o livro acompanha Babitz de um apego ambivalente a outro, através de um enlace erótico com um homem gay chamado Shawn, vários trisais, noites de Quaaludes e cocaína, além de vários estabelecimentos antigos de L.A. — Ports, The Luau, Hamburger Hamlet. No entanto, independentemente das qualidades orgíacas sugeridas na narrativa (que nunca são particularmente gráficas), é a capacidade de observação de Babitz, sua sabedoria, na falta de uma palavra melhor, que é lembrada. "Não fiquei famosa, mas cheguei perto o bastante do sucesso para sentir o fedor. Tem cheiro de pano queimado e gardênias rançosas, e percebi que o mais terrível sobre o sucesso é ele ser mantido por tanto tempo no alto de um pedestal como se fosse aquilo que fará tudo ficar bem", ela escreve; em outro momento, com uma perspicácia que ainda me rouba o ar: "Toda arte se esvai, mas o sexo se esvai mais rápido." Mesmo quando está só descrevendo um estilo ou gesto, ela, por acaso, o ocultará sob algo mais próximo à metafísica: "O jeito que dirigia era uma de suas coisas mais inexplicáveis; guiava com a cabeça distraída, uma delicadeza quase vagarosa, como se, quando estivesse dentro de um carro, o mundo desacelerasse; praticamente um momento de devaneio." Imaginar que uma escrita tão vívida e alerta poderia ser feita às pressas, de um jeito sábio, por alguma rainha glamourosa bêbada ainda se refastelando em lençóis sujos no Chateau Marmont — mesmo que, como o próprio livro sugere, esse tenha sido o caso — é um insulto à própria escrita, ainda mais para a escritora em questão.

Vale a pena considerar *por que* o trabalho de Babitz está sendo lembrado agora, quando jamais deveria ter desaparecido de vista. As qualidades hedonísticas despudoradas de *Dias lentos, encontros fugazes* — e de outros livros da autora, que não o são menos — são difíceis, penso eu, para alguns críticos apreenderem de maneira adequada. Há consequência mas não punição envolvida aqui. Se Didion, par de Babitz em temas e em geografia — "par" na medida em que Didion também sabia e podia descrever os frequentadores noturnos do restaurante Chasen's, digamos —, já foi canonizada, eu argumentaria que o foi por conta do parecer um tanto marginal e rígido que ela atribuiu à cena. A rigidez era desfavorável a Babitz, e ela sabia disso. Na longa e um pouco prolixa seção de agradecimentos que abre *Eve's Hollywood*, ela agradece "ao casal Didion e Dunne por precisarem ser o que não sou". Até os dias de hoje, penso eu, paira uma desconfiança contra a Califórnia e seus artistas, como se o abraço de um clima ameno e uma geografia vasta fossem equivalentes à falta de rigor. Lamentável, mas é claro que isso vem de algumas centenas de anos, pelo menos, e, se não pudermos rebobinar o protestantismo monótono e debilitante de uma nação, nós, aqueles que têm o prazer agora de ler e reler Eve Babitz, podemos nos regozijar com a alegria e a energia contagiante de sua sensibilidade. A própria autora diz isso melhor, em uma passagem em que ela ignora o próprio constrangimento por amar L.A., ao descrever a felicidade que sente ao sair de um avião: "Minha claustrofobia de San Francisco começa a se dissipar — aquela vitalidade impecável e animada do norte viola meu espírito e eu anseio por vastos aglomerados urbanos, poluição e noites quentes: L.A. É onde trabalho melhor, onde consigo viver, onde estou alheia à realidade física." Sim. Vale a pena observar também essa indiferença. Quem precisa da realidade física quando, em seu lugar, se pode saltitar no espaço amplo, à luz do sol, na incerteza e no momento presente, isto é, na eternidade?

Matthew Spektor

Tradução de Jade Medeiros

Esta é uma história de amor e peço desculpas por isso; foi involuntário. Mas quero deixar bem claro desde o início que não tenho a mínima esperança de que termine bem. Não vou entregar a você algo do tipo "embora eu seja irônica e esteja cansada de tudo a meu redor, Sam e eu encontramos juntos a resposta que apenas *nós* compartilhamos e que *você* só vai conhecer se enfiar o nariz neste livro". Para começo de conversa, isso dá azar. Conheço uma mulher que acabou de ganhar uma fortuna escrevendo sobre sua redenção edificante, que foi basicamente Se Apaixonar, e, enquanto estava na turnê promocional do livro, o amor de sua vida fugiu no meio da noite e desapareceu da face da Terra. Dá azar até cochichar sobre felicidade, e, além de tudo, também não é gentil. Quer dizer, Scott e Zelda não eram muito legais quando ficavam se gabando, por toda a Quinta Avenida, de como tudo era perfeito. Mas a verdade verdadeira é que estou pouco me lixando para o azar ou gentilezas; a verdade verdadeira é que nunca soube de alguma coisa entre homem–mulher que desse certo (pode até dar certo para os outros, claro, mas um casal de meia-idade que não conversa mais entre si não é bem minha ideia de um bom longa-metragem).

Tenho muitos amigos que estão convencidos de que não existem motivos para viver sem o Amor Eterno e Verdadeiro. Eles estão sempre à espreita e se queixam aos deuses quando vão a uma festa e não se apaixonam. As mulheres, em especial, se entregam a terríveis torturas autoinfligidas para as quais foram preparadas desde a infância. Afinal, historicamente, apaixonar-se sempre foi péssimo para mulheres, e a lógica dada a elas era de "Já que vai ser péssimo, melhor aprender a apreciar."

Conversei com meu amigo Graham outro dia e disse a ele que talvez fosse melhor desistir de vez dos homens e tentar a minha sorte com as mulheres, mesmo que desconfiasse de que cairia na mesma fossa de sempre. "Não, não vai ser melhor", ele ponderou. "*Você* será o cara e, dessa vez, *você* vai ser o babaca." Me bateu, de repente, uma onda de bom senso ao me imaginar como "o cara" e o quão horrível aposto que poderia ser: me esquivar de laços emocionais, mentir e me divertir para cacete mesmo assim. Esquecer de telefonar.

Já que é impossível fazer com que esse tal fulano por quem estou apaixonada leia qualquer coisa, a menos que seja sobre ele ou para ele, vou encher isso aqui de surpresinhas em itálico para que, desta vez, ele não leve dois anos e meio para ler meu livro, como aconteceu com o primeiro. Pela sedução de um não leitor é como planejo dominar L.A.

Virginia Woolf disse que as pessoas leem ficção da mesma maneira que ouvem uma fofoca, então, se você está lendo isto, que leia também todos os comentários pessoais escritos para serem lidos por ele. Tenho que ser extremamente engraçada e maravilhosa quando estou perto dele só para chamar sua atenção, e é uma vergonha deixar que isso tudo seja desperdiçado com uma única pessoa.

DIAS LENTOS

Querido:

Sei que você não se interessa pela arte do romance, mas acho que pode gostar da parte sobre Forest Lawn.

Todo mundo sabe que, para algo ser ficção, é necessário seguir uma linha de raciocínio contínua e não ficar perambulando entre os arbustos, de olho no próximo condado. Infelizmente, no caso de L.A., isso é impossível. Não dá para escrever uma história sobre L.A. que não tenha uma reviravolta ou que não se perca no meio do caminho. E já que é costume de quem "gosta" de L.A. topar qualquer coisa sem critério e terminar enterrado no cemitério de Forest Lawn, todas as histórias fazem você se perguntar por que o autor enrola tanto e não vai direto ao ponto, acabando logo com isso.

Eu amo L.A. Só vou a Forest Lawn quando alguém morre. Um garoto de Nova York me disse uma vez: "Saca só, o que você prefere? Passar a eternidade olhando para essas lindas colinas verdejantes ou acabar num cemitério superlotado de periferia, perto de uma autoestrada no Queens?" L.A. não inventou a eternidade. Forest Lawn é apenas um exemplo de eternidade levada à sua conclusão lógica. Eu amo L.A. por fazer coisas assim.

As pessoas hoje em dia implicam com a ideia de se apaixonar por uma cidade, especialmente por Los Angeles. Acham que você deveria estar apaixonado por outras pessoas, pelo seu trabalho ou pela justiça. Já estive apaixonada por pessoas e ideias em diversas cidades e aprendi que os amantes que amei e as ideias que abracei dependiam de onde eu estava, do frio que fazia, e do que eu precisava fazer para aguentar tal situação. É facílimo aguentar L.A., e esse é o porquê de ser quase inevitável que todo tipo de ideia seja divertida, isso sem mencionar os amantes. Qualquer sequência lógica, contudo, se perde em meio a tantas circunstâncias. A arte, supostamente, deve defender padrões de organização e estrutura, mas não dá para encontrar essas coisas no sul da Califórnia — bem que tentaram. É difícil ser de fato sério quando se está em uma cidade que não consegue construir um arranha-céu por medo de que um dia a Terra decida dar um tremelique e tudo desmorone em cima da cabeça de um pobre coitado. Então, os artistas em Los Angeles não têm aquela ânsia efervescente que os outros esperam. E simplesmente não são *sérios*. Meus amigos em Nova York ficam loucos e impacientes só de lembrar o prazer inexplicável que é um encontro com as maravilhas etéreas de Larry Bell.

A ideia de uma "comunidade artística" se evapora nos dias lentos. Inspiração e palavras dessa ordem são atropeladas pelos encontros fugazes; é impossível dizer se alguém está inspirado, se foi a cocaína ou o quê. Em um café italiano — onde um dia as incrivelmente belas e jovens garçonetes irão envenenar (assim espero) cada um dos homens vulgares e infames que sempre se safaram de tudo de ruim que fazem e das grosserias que dizem —, eu vi na parede, desenhado perfeitamente com um hidrocor preto: "Não é Hollywood, meu garoto, é mescalina." Em Los Angeles é difícil dizer se você está lidando com uma autêntica ilusão verdadeira ou com uma falsa.

As casas e a arquitetura que se originaram em Los Angeles ganharam o nome de "bangalô". Eu vivo em um. Um bangalô. Pessoas com boa educação e bons antecedentes ficam putas com L.A. "*Isso* não é uma cidade", sempre reclamam. "Como ousam chamar esse lugar de cidade?!" Eles estão certos. Los Angeles não é uma cidade. É um gigantesco estúdio de cinema em expansão contínua, como algo tentacular. Tudo fica em off. Ninguém tem tempo de se desculpar por esta não ser uma cidade quando seus amigos civilizados suspeitam que se está perdendo o fio da meada.

Quando era pequena, os amigos civilizados dos meus pais, e até meus pais, costumavam reclamar o tempo todo que o L.A. County Art Museum era uma caricatura, sem qualquer paralelo, da estupidez humana. Ficavam especialmente bravos toda vez que lembravam que Stravinsky nunca havia recebido um mísero sinal de reconhecimento da "cidade". Eu me perguntava, naquela época, como uma cidade faria sinais para Stravinsky. A Prefeitura ficava no centro e Stravinsky morava em West Hollywood. Esses adultos suspiravam e diziam, "Se ele morasse em qualquer outro lugar... *qualquer* outro lugar, algo seria feito por ele. Mas não em Los Angeles." Acho que a verdade é que Stravinsky morava em L.A. porque, dentro do estúdio, não é preciso ser um produto acabado o tempo todo nem fazer pronunciamentos formais. Trabalho e amor — as duas melhores coisas de todas — florescem nos estúdios. É quando se tem que sair para o mundo e definir tudo que eles costumam desaparecer.

Na seção chamada "View" do *Los Angeles Times*, você lê de vez em quando notícias sobre algum médico ou advogado dizendo, "Minha esposa, Shirley, e eu refletimos muito e decidimos que vamos nos afastar do sucesso e experimentar o fracasso por alguns anos. Sentimos que essa variedade vai nos engrandecer." Eu *sei*, L.A. é o único lugar no mundo onde as pessoas fazem isso.

Quando a galeria Ferus começou a expor a arte de Los Angeles para o resto do país nos anos cinquenta, o público nova-iorquino observou rapidamente que, em L.A., todo mundo parecia ser obcecado pela perfeição. O enquadramento tinha que ser perfeito — e o fundo também. Isso recebeu o nome de "Finish Fetish". Tipo os Beach Boys, quando toda aquela harmonia caía do céu vinda de nuvens ininterruptas. O rock and roll em L.A. tenta até hoje *não* ser tão bonito, mas atrevido e cheio de alma, só que não funciona. Linda Ronstadt, The Eagles e Jackson Browne não assustam ninguém. Como a arte da antiga Ferus, o rock and roll de L.A. é perfeição pura.

Ninguém gosta de ser confrontado com um monte de detalhes desencontrados, que só Deus sabe o que querem dizer. *Eu* não consigo seguir um fio de pensamento do começo ao fim e construir uma ficção linear. *Eu* não consigo manter tudo sob meu controle nem interromper a ascensão de rajadas de sentidos ocultos e repentinos. Mas, talvez, se todos os detalhes forem reunidos, uma vibração e uma noção de lugar emergirão, e a integridade do espaço vazio com figuras ocasionais na paisagem poderá ser compreendida com calma e em sua totalidade, por mais fugazes que sejam os encontros.

BAKERSFIELD

O que quero fazer, num sábado qualquer, é guardar os nossos problemas dentro de sonhos e pegar o carro (você dirige), e eu o levarei para meu glorioso Final de Semana na natureza selvagem dos confins de Kern County.

A primeira coisa que faremos ao chegar em Bakersfield é fazer check-in no "Motel Mais Velho do Mundo", o Bakersfield Inn, que às vezes parece até melhor que o Beverly Hills Hotel. Só que é mais barato. Dá para conseguir um quarto enorme com duas camas queen com uma saleta de dueña separada, na entrada, o que permite que alguém possa ficar acordado, bebendo, assistindo à TV, enquanto a outra pessoa dorme — enfim, tem Neutrogena no chuveiro — e custa apenas quinze dólares por noite. Há duas piscinas e muitas daquelas palmeiras altas e esguias, e Bakersfield tem um problema de poluição do ar, então o pôr do sol lá é simplesmente divino.

Quando anoitecer, iremos a um restaurante basco nos entupir de comida e dançar no Blackboard. E de manhã vamos comer brunch no Bakersfield Inn, onde toneladas de pãezinhos regados em molho de carne e frango e ovos mexidos e bacon e qualquer coisa que você possa imaginar, inclusive champanhe, custa apenas uns cinco dólares. Vamos nos divertir.

Era um daqueles dias escaldantes em L.A., em que tudo parece prestes a perder o senso de gravidade e levitar pelas calçadas, quando recebi a minha primeira carta de fã, um tal Frank D. Ele estava escrevendo, disse, de um quartinho em Londres e de sua janela podia ver uma multidão reunida na rua porque uma bomba havia explodido dentro de um carro lá fora, onde estava frio e úmido. Ele havia ido para a Inglaterra a fim de trabalhar como professor em uma escola, disse, mas era natural de Bakersfield, Califórnia, e tinha crescido entre lá e uma praia no sul de Los Angeles. Quando as pessoas de Londres lhe perguntavam como era na Califórnia, acrescentou, ele apontava a parede onde tinha pendurado um texto escrito por mim porque, segundo ele, aquilo explicava a Califórnia muito melhor do que ele seria capaz.

Fiquei um pouco surpresa que um dos meus vislumbres lascivos dessa costa pudesse inspirar alguém (que claramente não era nenhum zé mané) a me escrever uma carta de fã. Ele me contou sobre as peças de Beckett às quais assistiu em Londres, sobre as meninas de Gales e os homens casados, e sobre as crianças que ele tentava ensinar.

Trocamos correspondência por quase seis meses. O contraste entre a existência dele durante a miséria do inverno inglês e meus dias de coquetéis de champanhe e dietas em L.A. me fez perceber que o mundo não gira *inteiramente* em torno da guerra entre minha força de vontade e um prato de macarrão. Lá no fundo eu pensava, A qualquer momento, posso largar esse jantar requintado e mergulhar na vida real se eu quiser.

Então, Frank D. me escreveu dizendo que estava voltando para a Califórnia e combinamos de nos encontrar uma noite em Hollywood para jantar. Ele viria de Bakersfield (mais de cento e noventa quilômetros, a maior parte em trajeto plano), disse, onde ficava o rancho de seu pai. Seu pai plantava uvas, acrescentou, então pedi para me trazer algumas.

Frank D. chegou e ele não era baixo (por algum motivo, eu temia que ele fosse baixo, talvez por ser professor de crianças pequenas). Era alto, esguio de maneira graciosa, na verdade, e inteligente. Chamava as pessoas de "pessoal", mesmo tendo apenas vinte e cinco anos, e tinha uma bondade inata e polida por tão bons modos que parecia ter saído direto de uma imitação de Leslie Howard. Se em *A floresta petrificada* Bette Davis e Leslie Howard tivessem se casado e vivido felizes para sempre naquela beira de estrada, Frank D. teria sido o filho deles.

Ele trouxe consigo uma caixa com dez quilos de uva — eram três tipos diferentes: thompson sem sementes (aquelas verdes), exóticas (as quase pretas) e cardinais (em rosa escuro). Do lado de fora da caixa havia um daqueles lindos rótulos californianos normalmente encontrados em caixotes de laranja; o rótulo tinha o nome do pai dele e, abaixo, uma foto de um de seus vinhedos.

"Jesus!", falei, olhando para a caixa. "*Essas* são as uvas que você planta?"

As hastes eram fortes e verdes, não marrons e frágeis como se via nas lojas, e pendiam perfeitamente como uma pintura de natureza-morta, não importava o ângulo que as observasse. Frank D. achou graça no fato de eu me emocionar tanto com uvas — mas eu nunca tinha visto um cesto inteiro de frutas, novinhas, empacotadas apenas para mim.

Tinha quase comprado algumas uvas no começo do ano, mas custavam um dólar e quarenta centavos cada cacho pequeno, e me ocorreu que talvez eu nunca mais as comeria. Primeiro, as abandonei por causa do Chavez, mas agora que os sindicatos haviam vencido, uvas simplesmente não cabiam mais no meu orçamento. Perguntei se as que tinha me trazido eram do sindicato e ele me disse que elas haviam sido colhidas pelo Teamsters.

Meu palpite inicial é que o Teamsters entrou em cena, depois de todo o trabalho suado de Chavez, para ficar com a glória. Afinal, Chavez foi o primeiro que conseguiu organizar o trabalho rural, e isso não me parecia justo. (Talvez o Teamsters parecesse mais americano para os trabalhadores do campo do que Chavez com seus jejuns gandhianos e falta de grana. Talvez, se tivesse comprado uma linda casa com uma piscina e ar-condicionado, eles o tivessem apoiado. E, talvez, seu líder — que para mim parecia tão glamouroso — soasse ingênuo demais por não usar de seu poder para arranjar uma limusine. Se eu fosse uma trabalhadora rural sindicalizada, pagando minha contribuição, gostaria de saber que meu líder era tão assustador quanto qualquer patrão e não algum santo vulnerável.)

"Quando fui para a escola, tinha amigos meus que chegavam até a tirar as uvas de seus coquetéis de fruta", Frank me contou. Ele riu e, como eu nunca tinha conhecido um jovem que não fosse a favor de Chavez, nem conseguia imaginar qualquer um que não o fosse, presumi, com naturalidade, que Frank estava automaticamente do lado do progresso e do caminho dos justos, mesmo que seu pai não estivesse.

Também parti do princípio de que fosse óbvio que qualquer pessoa da minha idade, ou mais nova, sairia de Bakersfield assim que possível, desde que não fosse emocionalmente fragilizada. Passei de relance pela cidade minha vida toda, a caminho de San Francisco, e era um local tão quente, apático e sem personalidade, tão raso que as miragens nas poças d'água na estrada pareciam mais próximas do que em qualquer outro lugar que já estive. Como um jovem iria querer ficar por lá? Estava fora do horizonte de possibilidades.

Frank deu o fora para estudar e ficou por lá, chegou mesmo a se mudar para Inglaterra para fugir do vale. E eu, que sempre vivi em cidades onde muitos são refugiados desesperados vindos de pequenas cidades, determinados a nunca mais voltar exceto em funerais, pensei que todo mundo era assim. Não conseguia imaginar alguém neste século, passando dos vinte anos de idade e vivendo fora de Nova York, Los Angeles ou Londres. Especialmente em Bakersfield.

De fato, a única coisa boa que havia escutado sobre Bakersfield é que existiam uns bons restaurantes bascos por lá. Esses restaurantes, diziam, eram ótimos porque todos se sentavam juntos em mesas longas e a comida servida era uma loucura em variedade, quantidade e perfeição. Meus pais me falaram de um almoço com vinte pratos que eles encontraram por dois dólares, e outras pessoas confirmaram a existência desses banquetes fabulosos e incrivelmente baratos.

Em Los Angeles, Frank e eu saímos para jantar (três pratos, oito dólares por pessoa), e, como sempre vou ao mesmo restaurante, levamos quatro quilos de uvas para o dono; ele recuou, olhos arregalados, quando apresentei o cesto enorme em seu exuberante esplendor.

"De onde veio isso?", perguntou.

Frank explicou sobre os vinhedos, e o dono, meu amigo, perguntou acerca do vinho. (Sério, eu e meus amigos só conseguimos pensar em uma coisa: vinho.) "Uvas de vinho são diferentes", disse Frank. "Não são como uvas de mesa. Uvas de vinho são aquelas que ninguém quer, então não importa muito a aparência."

De todo modo, o dono nos trouxe uma garrafa de vinho, imaginando que iríamos querer. Obviamente ele estava certo. Então, Frank e eu bebemos, e mesmo que ele estivesse determinado a descobrir tudo sobre mim (tipo como escrevo e como comecei a escrever), mudei de assunto para vinhedos e fiquei insistindo tanto que logo ele começou a dizer que se eu realmente queria saber como é, deveria ir a Bakersfield e ver com meus próprios olhos.

Por não esperar que as coisas fossem assim tão longe, quase recusei, até porque nunca considerei Bakersfield como meu ideal de destino. Mas aí, devaneios romantizados de fazendeiros do vale dançaram em minha cabeça e falei para ele que iria no outro fim de semana.

Na manhã seguinte, acordei me achando uma completa louca, mas já era tarde demais. Frank já tinha começado a fazer coisas como reservar passagens de avião e mandar telegramas. Não queria ficar presa lá sem um carro à disposição, então, nervosa, decidi ir dirigindo, mesmo morrendo de medo de autoestradas e daqueles caminhões de fruta enormes que engolem em seu vácuo pequenos Volkswagens, como o meu.

Por algum motivo, no entanto, conforme o fim de semana foi se aproximando, comecei a ficar ansiosa pela aventura — que com certeza seria diferente de tudo o que eu já tinha vivido.

Leva duas horas para uma pessoa normal ir de Hollywood até Bakersfield, então me planejei para três, e saí de casa para pegar a autoestrada por volta das sete da manhã. Às dez, achei a saída de Lamont que leva até o vinhedo do Sr. D., alguns quilômetros ao sul de Bakersfield. Tinha um café na saída de Lamont — uma casinha vermelha de madeira cercada por eucaliptos, com laranjeiras nos fundos e vários caminhões parados na frente. Torta, pensei imediatamente, com certeza tinha torta de verdade ali. E hambúrgueres de verdade, daqueles artesanais, e talvez até limonada de verdade. Mas meu foco era a torta.

Frank disse que trabalharia até o meio-dia, empacotando uvas naqueles caminhões de fruta gigantes. Estaria no depósito, me disse.

O "depósito" era uma construção em L que devia ter metade do tamanho de um quarteirão, onde as uvas eram mantidas em pilhas enormes até o teto, em salas refrigeradas. Em todas as direções que se olhava, se via a planície rodeada de montanhas ao sul, ao oeste e ao leste e a perder de vista ao norte.

Encontrei Frank transportando uns três metros de caixotes de uva até um caminhão, e ele me disse que um dos encarregados de outro vinhedo me apresentaria o rancho e que ele, Frank, me levaria de carro até lá. A maioria dos fazendeiros, notei naquele dia, dirigiam Fords ou Buicks de cor dourado-mostarda — dourado porque a poeira não era perceptível nesse tom. Os homens tinham também radiocomunicadores nos carros que carregavam consigo como brinquedo de criança. Se pudessem falar "câmbio" sem parecer muito idiota, com certeza o fariam.

Nós passamos por um vinhedo no caminho que era diferente dos outros que havia visto. Era cheio de mato, sem cuidado nenhum.

"Aquelas são uvas de vinho", contou Frank. "Elas não importam."

"Como assim?"

"Tudo que se faz com elas é colher e mandar para a vinícola."

Encontramos Sam, meu guia, depois de uns oito quilômetros, em um outro vinhedo que até tinha dormitórios. Ao lado do alojamento, havia um monte de gaiolas de madeira, cada uma com mais ou menos um metro quadrado, todas amontoadas uma em cima da outra. Dentro das gaiolas, galos com a crista e a barbela cortadas fora. O tipo de galo usado para brigar.

"Tem briga de galo aqui?", perguntei para Sam assim que Frank foi embora.

"Sim, os filipinos só pensam nisso… Jogos de azar, qualquer tipo de coisa que possa rolar alguma aposta e dinheiro. O xerife veio aqui domingo passado e tentamos fazer com que parassem, mas é impossível."

Sam leva duas vidas diferentes. Durante o verão, trabalha na fazenda e comanda diversas equipes na colheita de uva. No inverno, é professor e treinador de futebol americano em uma das escolas em Bakersfield. Ele parece ter saído de um comercial de Marlboro para a vida real. E me tratou com um jeitinho cavalheiresco masculino, que derreti como se fosse alguém que nunca tivesse ouvido falar que o cavalheirismo não passa de mais um perverso esquema masculino para manter as mulheres na linha. Durante toda minha estadia em Bakersfield, aliás, o máximo que ouvi em matéria de xingamento foi "droga", e não escutei um único comentário escrachado ou obsceno relativo à anatomia, tampouco observei troca de olhares e sorrisinhos maliciosos entre os homens quando uma mulher entrava na sala. Tive a sensação de que aqueles homens só tomariam tais liberdades se quisessem levar uns tiros de algum irmão ou marido ultrajado. Talvez não seja o melhor jeito de considerar esse tipo de coisa, mas fez com que meu fim de semana fosse bem agradável.

Outras coisas que não vi em Bakersfield foram (a) sapatos plataforma — suspeito que os homens não suportem sapatos plataforma — e (b) refrigerantes diet.

Sam me levou para dar uma volta de carro e me mostrou diversos grupos de trabalhadores rurais. Havia mexicanos, árabes, filipinos e porto-riquenhos — homens e mulheres. Todos ganhavam dois dólares e cinquenta por hora e vinte e cinco centavos por caixa — exceto pelos alunos de ensino médio que só ficavam com os dois e cinquenta por hora.

Os chavistas faziam piquetes em alguns dos campos por onde passamos, azucrinando os trabalhadores que escolheram se associar ao Teamsters Union em vez de se manter ao lado de Chavez. A situação era delicada e me falaram que violência era comum — mas, enquanto estive por lá, o clima andava tão quente e úmido que eu não via como alguém teria disposição para iniciar uma briga. Na noite antes da minha chegada, choveu, e a umidade estava terrível, mas com o sistema de ar-condicionado quatro por noventa não era tão ruim. ("Quatro por noventa é quando as quatro janelas do carro estão abertas enquanto se dirige a noventa quilômetros por hora", Frank tinha me informado.)

Sam começou a me contar mais sobre uvas do que qualquer um poderia ter o interesse em saber, e passei a entender o porquê do pai do Frank ser um dos produtores mais respeitados do vale. Até eu conseguia perceber, parreira após parreira, que as uvas cresciam maiores, pendiam mais bonitas nos cachos, com um sabor muito melhor do que qualquer outra que eu já tivesse provado. As vinhas eram impecavelmente limpas, mantidas com o capricho de canteiros de Beverly Hills.

As videiras, nos primeiros dois anos, não produzem nada que possa ser comercializado. No terceiro ano, produzem bem o bastante para que as uvas possam ser enviadas para uma vinícola. Só no quarto ano a videira se torna rentável. As uvas surgem primeiro como aglomerados de flores que, se deixados ao léu, se tornam cachinhos de uva pequenos e espremidos, que não servem para nada. Daí, as flores são arrancadas para que menos uvas possam crescer. ("Esse ano", Frank disse, "usamos escovinhas de cabelo. Elas funcionam.") Quando as uvas começam a crescer, elas são de novo podadas e passam a ser chamadas de "cinco ombros", em referência aos cinco galhos de cada caule em cada penca. Enquanto isso, a videira precisa ficar amarrada a algum tipo de suporte para que o sol quente não seque as frutas.

O suprassumo dessas uvas cuidadas de modo tão impecável é vendido sob um único rótulo. As melhores deste ano são lindas, todas do mesmo tamanho, e seus cinco ombros caem lânguidos e perfeitos, não importa como você segure as pencas.

Aquelas consideradas inferiores são vendidas pelo pai do Frank sob rótulos de segunda linha, embora alguns agricultores vendam todas suas uvas para consumo sob um único rótulo, misturando na remessa qualquer coisa. O produto desses cultivadores é chamado de "lixo" por homens como o pai do Frank.

Perguntei ao Sam se tinha orgulho de trabalhar para o Sr. D., ao que ele respondeu: "Não existem mais homens como ele, sabe? Ele não se limita a cultivar uvas, ele faz questão de que sejam as melhores, e sabe o que está fazendo. Esses outros agricultores chegam aqui, não se esforçam, despacham tudo para as vinícolas — e por que se esforçariam?"

Passamos por um monte de chavistas que berraram para ele, e Sam rosnou algo inaudível e raivoso. Sr. D. foi um dos primeiros doze agricultores do vale que assinaram acordos com Chavez. Isso, claro, foi antes do Teamsters chegar com um acordo pelego — por isso os chavistas estavam tão putos. Mas os fazendeiros sabem, Frank pensava, que em três anos os Teamsters mostrariam as garras e não existiram mais nem mesmo esses acordos.

Fomos para uma área em que mulheres colhiam uvas e a capataz era uma chicana local chamada Louise que se destacava naquele clima quente e úmido por usar sombra azul-gelo e belos e grossos cílios postiços. As outras usavam chapéu e lenço para protegerem o rosto do bronzeado de sol, e logo pensei no creme PABA que tinha comigo, que Adele Davis havia garantido que me protegeria do sol (assim como a *Vogue*). Pensei em contar para Louise, mas...

De volta ao depósito, fui apresentada ao Sr. D., que me fitou com um carinho confuso e olhos que pareciam dizer, "O que você está fazendo com meu filho?". Em seu repertório de vida não existiam moças que dirigiam até Bakersfield simplesmente para ver o que havia para ser visto, tampouco forasteiros, em especial os vindos de L.A., aparecendo em sua casa trazidos por seus filhos. L.A. era uma terra estrangeira com um estado das coisas não-tão-facilmente-compreensível. Por que alguém moraria lá?

A única resposta que poderia dar a ele para estar em Bakersfield era a de que eu era uma jovem fútil propensa a aventuras — mas, aquele homem de postura respeitável nunca receberia uma resposta dessas de mim. Ele estava em pé desde às cinco da manhã. Comecei a me perguntar o que as pessoas faziam *de fato* em Los Angeles, além de lidar com negócios inúteis envolvendo máquinas de escrever e escritórios? Pouco se importavam com questões essenciais como o cultivo de alimentos, com certeza. Elas apenas flutuavam pelos supermercados e iam para casa assistir à televisão, sem saber nada sobre parreiras e pomares. Frank terminou de colocar os últimos caixotes nos caminhões. O calor era insuportável.

"Vem comigo", disse Frank. "A comida é ótima aqui."

Ao lado do depósito, tinha um conjunto de casas de madeira, uma delas servindo de escritório e outra de refeitório, onde todo dia, ao meio-dia, um trio de senhoras americanas servia a comida para o Sr. D. e o seu círculo mais próximo (talvez umas vinte pessoas). Percebo agora o quanto eu parecia uma forasteira, um objeto de interesse, mesmo que no momento eu não desse a mínima, embora eu mesma não estivesse desprovida de curiosidade.

A mesa era longa e a comida, tão americana que fazia sei lá quanto tempo desde a última vez que havia comido algo parecido. Todos aqueles anos de dietas e iogurtes, cafés franceses, cozinha italiana, culinária grega... Aquela comida era feita para americanos que trabalhavam duro e gostavam do que era simples. Pãezinhos caseiros, enormes abóboras com queijo derretido por cima, uma salada de tomatinhos com cebola, vagem, um rocambole de carne encantador, uma jarra de chá gelado, outra salada de pepino e torta, de sobremesa. Uma torta cremosa de banana com uva-passa, a mesma que eu vinha pensando desde que saí da autoestrada.

* * *

Frank e eu saímos de Lamont e fomos dirigindo de volta a Bakersfield em um carro dourado-mostarda todo empoeirado, com uma paisagem empoeirada dourado-mostarda, com colinas de camurça salpicadas por postes telefônicos conectados entre si por cabos finos e pretos. O céu estava carregado depois de Bear Mountain, e o terreno não nos proporcionava nada além de um centeio selvagem, dourado e seco, e suponho que sempre tenha sido exatamente assim. Começamos a conversar. Frank, diferente de qualquer pessoa que conheci em seu meio social, tinha uma energia ilimitada e tagarelava mesmo depois de ter trabalhado desde o nascer do sol; e ele, a princípio, me parecia mais bem vivido, como se não pertencesse àquele lugar. Ele me lembrava de alguns homens que conheci em Nova York, que tentavam ser vegetarianos e tocavam duetos de Mozart para flauta doce, mas aí olhavam para as próprias mãos cheias de calos, e diziam, "Passei o domingo marcando gado. Eu não laçava um boi há anos; veja só, minhas mãos perderam o costume."

"Boi?", disse eu. "Você laçou um?"

"Aprendi há muito tempo com um dos caras do rancho", me contou.

"O que eles acham de você ir para Londres, o exato oposto de tudo isso?"

"Acho que eles pensam: 'Inglaterra? O que alguém *faz* na Inglaterra?'" Ele riu. "Eles não compreendem a Inglaterra de jeito nenhum."

"Eu também não compreendo", respondi. E não compreendia mesmo. Lá estava ele na Inglaterra, lendo um jornal hipster americano, se deparando com um texto meu sobre

L.A. e escrevendo para mim. Eu me senti deliciosamente envolvida num mistério insolúvel, meu jeito favorito de me sentir. De fato, eu não fazia questão de entender, prefiro romance a algo racional. Se ele era mesmo como parecia ser, não havia nada que pudesse me contar sobre si mesmo que se comparasse a laçar gado, morar na Inglaterra e ser fruto dessa infinita paisagem de ondas douradas, atravessada por um carro dourado.

A casa do Sr. D. era grande e em estilo rural americano típico, ficava na parte rica de Bakersfield, onde todo gramado era verde e flores cresciam. Tinha uma piscina (na qual nadamos), árvores frutíferas no quintal e eu não colocava os pés numa casa tão americana quanto aquela fazia muito tempo. Mesmo os pais dos meus amigos em Los Angeles eram mais europeus, mais próximos de Nova York e Paris, o que bem poderia ser atribuído aos filhos.

Depois de nadarmos, nos sentamos em uma sala de estar fresca e falamos e falamos e falamos. Haveria uma festa naquela noite e Frank tinha sido convidado — seu primeiro evento social no vale desde seu retorno da Inglaterra; mas, ele me confessou que, na verdade, já fazia mais tempo do que isso, porque ele não via a maioria dos convidados desde o ensino médio ou até mesmo do fundamental.

"Que tipo de festa vai ser?", perguntei, já pensando, O que devo vestir? Uma vez me aventurei no enclave careta de Orange County com um amigo para o reencontro de dez anos de sua turma de ensino médio, e usei um vestido violentamente vermelho com um chapéu vermelho e sapatos vermelhos, porque ele queria mostrar para todos que se encontrava além da compreensão deles e adentrado a luxuosa e exuberante vida do cinema (o que realmente tinha acontecido). Mas a fúria nos olhos das mulheres de lá me levou a prometer que nunca mais faria aquilo e, além disso, queria que conversassem comigo sem ser emboscada no banheiro feminino (como aconteceu em Orange County). Minha mãe encontrou um "modelito decente", em suas palavras, que entregou para mim — uma saia listrada de algodão da Mode O'Day (sério, era dessa loja) e um top que não faria mal a uma mosca. Era o único "modelito decente" que tinha e só o levei comigo graças a um súbito respeito àquilo que é considerado correto. É claro que vou ter que usar isso, decidi.

"É na casa de uma menina que estudou comigo no ensino fundamental", explicou Frank. "Era a menina mais bonita do quinto ano."

"Provavelmente vai rolar um clima de adultério", pontuei, pensando nos olhares ardentes que eram trocados no reencontro em Orange County, o passado refletido nos olhares.

Ele riu, o Frank, e disse: "É isso mesmo que vai rolar?"

Não rolou nenhuma insinuação, evidentemente, de qualquer coisa dessa ordem. Nenhum sussurro do pecado, nenhum vislumbre de paixão de um homem por uma mulher que não fosse a sua, nenhum mísero sinal emitido pelas mulheres além do jovial interesse nos filhos umas das outras. Das quarenta e tantas pessoas que estavam lá, todas entre vinte e cinco e trinta e três anos, dez esperavam um bebê.

As mulheres se moviam com facilidade pelo pátio e pelo quintal enorme, segurando drinques, parecendo levemente entretidas com seus ventres ovais cobertos por tecidos de algodão floridos. As alianças nos dedos refletiam o crepúsculo rosa, as pulseiras de ouro capturavam a luz das colinas cor de mostarda. Não havia energia extra dentro daquelas mulheres para algo além de seus filhos ou de sua localização específica. Não havia energia para piadas ou comentários espirituosos, e me peguei pensando em meus amigos em L.A., sempre transbordando palavras aleatórias e tiradas brilhantes.

Pelo que entendi, existem três principais restaurantes bascos em Bakersfield: o Nyreaga, o White Bear e o Pyrénées. O Nyreaga é o mais famoso porque é preciso chegar lá entre seis e meia e seis e quarenta e cinco da noite para jantar e as pessoas correm para as mesas como uma manada. Quarenta convidados da festa foram ao White Bear e trinta e nove de nós estávamos preparados para o que aconteceu depois. Eu não estava. Tinha língua em conserva, sopa acompanhada de tigelas de feijão e molho de pimenta, pão, vinho, espaguete, vagem, frango frito, rosbife, rins e cogumelo, peixe assado, batata frita, salada, um tipo de ensopado fabuloso de cogumelo com miúdos e sorvete de framboesa.

Quando acordei no domingo, Sr. D. já tinha ido para o vinhedo. Não estava tão quente quanto nos dias anteriores, mas havia uma grande probabilidade de chuva, e naquele ponto senti que não conseguiria aguentar se chovesse. Um exemplar do *Los Angeles Times* estava na cozinha e fui direto para as páginas da agenda semanal, um compilado de todos os eventos culturais locais. Se estivesse morando em Bakersfield, me perguntei, será que ficaria com uma vontade louca de ir para Los Angeles para assistir a *Chinatown*? Não, eu pensei. É longe demais.

No jantar da noite anterior, Frank e os demais combinaram de jogar beisebol na manhã seguinte. Bom, eu consigo aguentar bastante desse espírito americano e até imagino com certa inveja o que deve ser ter a vida governada pelas estações do ano e o ciclo das colheitas. Mas beisebol não. Li em algum lugar que beisebol é o jogo da Maioria Silenciosa.

"Você não vai querer jogar beisebol, né?", perguntei a Frank, formulando dessa forma. "Quer dizer, não nesse calor?"

"Que tal darmos uma volta de carro?", ele pensou rápido apesar de sua aparente ressaca. (Talvez não quisesse mesmo jogar beisebol.)

Algumas horas depois, Frank e eu dirigimos silenciosamente pelo domingo silencioso de Bakersfield, onde nada estava vivo senão as igrejas. Elas estavam repletas de pessoas vestidas com camadas demais para aquele clima.

Passamos por um campo enorme, acres de ameixeiras destruídas, arrancadas pelas raízes e deixadas arrumadinhas em uma fila. ("Ele arrancou tudo", nos contou o Sr. D. mais tarde, "porque não conseguiu arrumar ninguém para trabalhar na colheita.")

"Ali é Kern Canyon", Frank me disse, guiando o carro dourado e empoeirado para o leste, em direção a alguns montes distantes que eram parte da cordilheira das Sierras.

Kern County tem o formato de Nebraska e abrange parte da fronteira oeste do deserto de Mojave e um grande pedaço das Sierras, depois adentra o Vale de San Joaquin e atravessa a borda leste da Coast Range.

O rio Kern esculpiu sua passagem entre as pedras sólidas e criou uma ravina precária, justo onde foi posta a autoestrada de duas pistas. O cheiro do rio e as árvores que crescem dentro da água, a presença de crianças e seus pais pescando, a estrada perigosa que revela cenários fluviais mais elaborados toda vez que se faz uma curva são mudanças maravilhosas depois da imensidão plana do vale.

A subida até as montanhas é tão rápida que, de repente, você vê escrito "Sequoia National Park", enquanto, do outro lado das Sierras, o deserto de Mojave o aguarda. Entre as montanhas está o lago Isabella, criado pelo homem de maneira surreal e aberto para esquiadores aquáticos e pilotos de lancha. Não existe uma árvore por lá.

Dirigimos ao redor do lago por muito tempo e finalmente chegamos a Kernville, onde algumas árvores começavam a despontar, mas, só depois de subirmos bem, bem, bem alto, numa altitude de uns mil metros, rumo a Glennville, foi que chegamos de fato nas Montanhas. Sequoias gigantes e seu cheiro verde perfumaram o carro com uma rapidez insana — essas mudanças abruptas de altitude e paisagem californianas. Aquele velho papo de professor sobre como a Califórnia possuía o ponto mais baixo dos Estados Unidos, no Vale da Morte, a apenas uns cem quilômetros de distância do local mais alto, o Mount Whitney, me bateu vindo diretamente de salas de aula pré-históricas.

Glennville me parecia um sonho de caubói montês. Havia vacas onde não havia sequoias e, quando paramos no único café/bar da cidade, um garoto adorável tipo James Dean chegou para a gente e me falou, sem piscar, que era caubói.

"Os leões da montanha ainda estão causando problemas?", perguntou Frank.

"Não, eles praticamente se mandaram", respondeu o caubói. "O que temos agora são os ursos. Eles chegam e matam o gado. Meu pai e eu, por fim, tivemos que sair e matar um deles que estava comendo vários dos nossos novilhos..."

"Matar?", perguntei.

"Sim, ficamos rodeando as montanhas com rifles..."

"Como vocês sabiam a localização deles?", questionou Frank.

"Cachorros", ele sorriu. "Nós encontramos o urso também e meu pai atirou nele."

Tem um rodeio anual em Glennville no início de junho e nosso amigo de vinte-e-dois-anos James Dean monta cavalo sem sela. Ele usava um chapéu de caubói com uma pena de pavão presa na faixa e era uma daquelas criaturas tão jovens e misticamente felizes que parecia fadado à tragédia.

"Será que ele não sabe", perguntei a Frank, "que penas de pavão são fatais?"

Estava assistindo ao Country Music Awards na TV outra noite, e, quando começaram a entregar os prêmios de melhor "grupo", falaram assim: "Um grupo consiste em duas pessoas, que é um dueto; três pessoas, já vira uma multidão; quatro pessoas é uma aglomeração; e cinco pessoas, que é a Câmara Municipal de Bakersfield."

"Vem", disse Frank, "vou levar você ao Blackboard."

Em todo lugar em que estivemos tinha música country tocando ao fundo. O Blackboard, segundo Frank, era um ótimo lugar para dançar ao som desse gênero — a não ser que os Hell's Angels estivessem por lá, mas tinha quase certeza de que eles haviam sido banidos. (Bakersfield, afinal das contas, é onde Merle Haggard mora; a dita Nashville do Oeste.)

"Não vou lá faz bastante tempo", Frank me contou. "Tenho certeza de que vai ser ótimo."

No caminho, Frank me falou que até aquela noite não sentia que havia voltado para casa. Ele já estava em Bakersfield há um mês, mas o trabalho todo no rancho fez com que não visse ninguém, nem fosse a nenhum lugar. Agora finalmente ele estava indo ao Blackboard.

O Blackboard é um espaço grande, ordinário, pouco organizado e não é necessário pagar para entrar ou qualquer coisa do tipo. Tem um palco onde uma bandinha charmosa toca músicas country, uma pista de dança bacana e de bom tamanho, mesas e cadeiras e, do lado oposto do palco, percorrendo toda a extensão do salão, um bar. Um segurança na porta pediu minha identidade — um momento triunfal.

Pela primeira vez, desde que cheguei na cidade, parecia que eu ia me divertir de modo inconsequente; logo pedi doses duplas de tequila, para a surpresa de Frank, porque minha moderação nos dias anteriores o tinha convencido de meu bom senso. Mas a noite anterior não havia sido tão divertida assim. O Blackboard tinha potencial para, num piscar de olhos, se transformar no paraíso, bastava apenas mais uma dose dupla de tequila.

Assim que chegamos, só rolava o som do jukebox. Mas os intervalos da banda eram curtos e em pouco tempo voltaram a tocar músicas dos Everly Brothers e duas versões cover de Chuck Berry que soavam como música country. Depois, começou uma espécie de música lenta, e foi nesse momento que eu o vi.

E das coxias ele surgiu, o estereótipo de um ex-fuzileiro naval com uma garota meio Dorothea Lange do country nos braços, rodopiando e mergulhando com tanta elegância que o salão inteiro ficou eletrizado com o espírito da dança.

Os outros dançarinos davam aqueles passinhos desengonçados de foxtrote que todos conhecemos, mas isso não o afetou. Ele tinha a menina em seus braços, e os dois dançavam divinamente, sem esbarrar em ninguém; de alguma maneira, estavam por toda parte e eram magníficos.

"Ai, meu Deus, como eu queria dançar assim", disse a Frank, sabendo que nunca conseguiria dançar assim. A garota tinha os olhos fechados e simplesmente deslizava pelo salão, na ponta dos pés como se fosse Cyd Charisse.

"Por que não pede a ele?", Frank me questionou.

"Não!", respondi. "Iria cair na frente de todo mundo e, além disso..."

Eu sabia, no entanto, que, se não dançasse com ele, seria uma daquelas oportunidades perdidas que ficam alfinetando pelo resto da vida.

"Melhor assim, na verdade", Frank ponderou, "porque se você pedir, é capaz da namorada dele ficar furiosa e, além disso, ele provavelmente não iria gostar. Eu vou pedir em seu nome."

"Você!", disse eu. "O que quer dizer com isso?"

"Vou dizer que a moça que está comigo quer dançar com ele."

"*Não!*", respondi, mas ele já estava de pé e agindo antes que eu conseguisse falar qualquer outra coisa.

Rapidinho pedi mais uma dose dupla de tequila e estava na metade do trabalho quando o Sr. Mike Lake veio até a nossa mesa e disse a Frank: "Tudo bem se pedir a sua garota para dançar comigo?"

Homens, pensei, são tão maravilhosos.

Ele era um dançarino tão bom que não precisei fazer nada além de fechar os olhos e me deixar levar, atravessando o riacho, caminhando pela floresta até o Baile Mágico. Rodopiamos pela pista, perfeitos, perfeitos, perfeitos, e não caí nem morri. Só fui me desfazendo nos braços de um ex-fuzileiro naval em direção às nuvens.

Estava dançando, dançando pelo salão lotado e não conseguia parar de sorrir. Mulheres que dançam com olhos fechados, sorrindo, estão mais perto do paraíso na Terra do que qualquer um poderia chegar, e lá estava eu, no paraíso, só que em Bakersfield.

Terminamos a noite numa cafeteria vinte e quatro horas com Mike Lake, seu irmão e uns outros. Eles também conheciam o caubói James Dean e o chamavam de "o garoto", logo meus pensamentos se voltaram para o chapéu com a pena de pavão que ele tão inocentemente usava, e refleti que adoraria chorar lágrimas de tequila pela inevitável extinção de certos garotos americanos que andam a cavalo.

* * *

Na manhã seguinte, acordei com uma ressaca que me distanciou dos meus sentidos, me deixando perdida e sensível.

Frank me levou de volta pelas colinas douradas, o centeio selvagem, até a pequena cidade de Arvin, onde paramos para um café no Circle Dot. Sabia que ele passaria o dia inteiro trabalhando no depósito, carregando mais caixotes de uva e tendo seu almoço servido pelas senhoras naquela casinha. E eu pegaria o carro e voltaria para L.A. com uma caixa repleta de pêssegos para meus amigos no restaurante, que fariam conhaque e fingiríamos ser sofisticados.

Ficamos parados do lado de meu carro às oito da manhã. "Não se esqueça de agradecer seu pai em meu nome", disse. "Eu me diverti muito. E quando você for para L.A. vou mostrar para você tudo que tem por lá, mas não imagino o que seria tão... tão bom quanto aqui."

"Vai ser", Frank respondeu com certeza absoluta de que seria.

"Mas...", disse, "... bom, de qualquer forma, obrigada."

Retornei pelos vinhedos e peguei uma autoestrada chamada "A Videira", porque, por qualquer caminho que fizesse, ela ficava dando voltas e voltas pelas montanhas Tehachapi. Segui um caminhão enorme repleto de tomates, até que começamos a subir as colinas que me separavam do resto do país e do meu fã esquisito que havia gostado do que escrevi sobre Hollywood, porque isso fazia com que ele se lembrasse, tão distante em seu quarto aquecido à custa de xelins nos dias chuvosos de Londres, porque isso fazia com que ele se lembrasse do seu lar.

ESCALETAS

Acho que foi quando eu estava com esse cara que comecei a me perguntar se alguma coisa voltaria a ser legal. Ele nunca entendeu nada do que eu dizia. Sempre me tratava com uma doçura animal e bem-intencionada, mas quando começou a me falar que seus amigos achavam que "Até que enfim tinha encontrado uma garota inteligente o bastante para ele", pensei, Inteligente! Eu era inteligente o bastante para ele? Além disso, ele era alto demais.

Fomos empurrados pela Broadway por uma daquelas ventanias insanas vindas da baía e que seguem você a todo lugar em San Francisco. Colina acima e esquina abaixo, cumprimentando você onde menos se espera, frio. Lágrimas tentavam deslizar pelas minhas bochechas por causa do vento e das minhas lentes de contato, mas elas não conseguiam — o vento as desviava. Eu fiz a gente parar por um segundo para assoar o nariz e ele continuava a falar, desenvolvendo sua grande teoria bêbada com o vigor digno de um grande bêbado irlandês. Ele dizia: "E o mais importante é o trabalho..."

"Sei", disse, enxugando as lágrimas e limpando o nariz.

"Essa é de verdade a coisa mais importante para pessoas como nós... Para *qualquer* um! Mas principalmente para pessoas como nós. Mesmo que nos amemos, e você sabe que eu te amo, o mais importante é continuar trabalhando."

Eu bem percebia como ele tinha chegado a essa conclusão, Jesus Cristo, se por algum momento ele parasse de trabalhar de fato, meu Deus, o seu mundo inteiro ia colapsar no mesmo segundo e ele iria beber até cair no chão frio e sem vento.

"Você está bem?", questionou em uma espécie de parênteses e com um charme de derreter qualquer uma.

"Estou", funguei.

"Você vai embora antes do meio-dia?"

Fiz que sim, mais ou menos, com a cabeça. Ele segurou meu cotovelo, e mais uma vez, queridos colegas, fomos vento adentro, e a voz dele se erguia e viajava ao topo da North Beach. Ele dizia, "Então é o *trabalho*! Acima de qualquer coisa, é o mais importante."

Eu o escuto porque ele é um homem admirável e refletiu sobre como viver, beber, rir e flertar por aí, e aparentemente tudo isso só é possível quando se trabalha, de forma constante, o tempo todo. Mas já eu devo saber disso, porque nos últimos anos elaborei projetos, num impulso vindo de mim mesma. Ideias em andamento. Nessa última primavera, minha trigésima segunda primavera, mergulhei nessa atividade com tamanha concentração que concebi três metas do nada. E só abandonei uma delas, mas tenho um sentimento supersticioso de que inventei essa aí para tacá-la aos lobos enquanto deslizava pela neve no meu trenó tilintante até Moscou, sã e salva. (Era a única meta que não tinha nada a ver com trabalho.)

Paramos debaixo de um poste e ele pegou meus ombros com suas mãos irlandesas e olhou diretamente para mim, sorrindo. "Então você entende sobre trabalho?"

"Sim", disse eu.

"Que bom. Vamos beber. Tem um bar bem ali, do outro lado..."

A noite era uma criança e a lua cintilava, prateada, e os irlandeses nunca foram entediantes.

* * *

L.A. era vergonhosa; mas tentei não notar. O avião do Pacific Southwest Airlines tinha saído de San Francisco, onde tudo era organizadíssimo em azul e branco, onde há um lugar para tudo e tudo está em seu lugar, e onde ele pousa? Na terra da desordem. Trinta e dois graus, neblina e poluição por toda parte, uma paisagem gigante desanimadora. Não me surpreende que os escritores do Leste atirem, com regozijo, nas tradições da antiga L.A. exclamações como "feio! plástico! desolação!". A Pacific Southwest Airlines havia decidido modernizar a única coisa boa que tinha, abandonando o sublime e antigo aeroporto Fred MacMurray, e construindo ao lado uma edificação nova, meio bagunçada e com uma paleta de cores que consistia em tons agressivos e falsos de rosa, laranja e carmesim. Então, agora, ao pousar em Burbank, você não sai e dá de cara com a beleza indígena, azul-esverdeada do terminal Lockheed, localizado em um aeroporto em harmonia com seus arredores; não. *Agora* você sai e pimba!, é jogado no meio de... L.A.! É uma vergonha se você ama essa cidade.

A felicidade toma conta de mim quando vejo meu VW parado lá, aguardando por mim. Jogo meu sobretudo pesado no banco de trás, a sacola de viagem do meu lado na frente. Minha claustrofobia de San Francisco começa a se dissipar — aquela vitalidade impecável e animada do norte viola meu espírito e eu anseio por vastos aglomerados urbanos, poluição e noites quentes: L.A. É onde trabalho melhor, onde consigo viver, onde estou alheia à realidade física.

Os apontamentos para história que uma revista chique do Leste encomendou a mim cantam na minha memória e começo a pensar na máquina de escrever me esperando em casa.

Hollywood Way é o nome da rua que sai do aeroporto, passa pela Warner Brothers, pelo Barham, e aí pela Cahuenga onde a vegetação, o Hollywood Bowl e o engarrafamento são meus. Meu bairro parece ter saído de um posto avançado de ingleses colonialistas, subtropical. Não tão insano, na verdade. Cada pequeno bangalô tem uma entrada para um pátio interno compartilhado, onde um pé de jacarandá, já que estamos em julho, cobre de pétalas lavanda o céu. (Em agosto todas as flores caem no chão.) Nabokov disse em uma entrevista recente que, se morasse nos Estados Unidos, seria em L.A. por causa dos jacarandás. Todas aquelas flores cor de lavanda, como nuvens de algodão. Temos uma aroeira--salso nos fundos do pátio. Uma senhora idosa, criada em Hollywood, me disse que todas as ruas aqui já foram ladeadas por aroeiras e aí os carros chegaram e elas morreram. Essa, afastada da rua e protegida pelos nossos bangalôs, resiste.

O crepúsculo vem e ainda me encontro esparramada na cama olhando pela janela, quando o telefone toca. É a voz irlandesa do norte, telefonando de um bar.

"O que você está fazendo?", pergunta.

"Nada", respondo. "Eu estou meio vazia."

"Para baixo?"

"Bom... talvez..."

"Já acabou seu texto?"

"Praticamente."

"Trabalhe em outra coisa então. Quando se está para baixo, deve-se sempre trabalhar."

Ele nunca entenderia o clima nem que lá fora ficou cor--de-rosa e que o jacarandá está magenta, nem que na casa ao lado a menina mexicana de catorze anos terminou de entregar os jornais pelas casas, saltou da bicicleta com suas longas pernas californianas e agora joga frisbee sob a cabeça do irmão, com expertise.

"Sim", falo, "... talvez amanhã eu comece algo."

"Sua voz parece tão... diferente."

"Está tudo bem", digo a ele. "Não se preocupe."

"Sinto sua falta", diz com cerimônia. Eu sei em que bar está, escuto as vozes chamando o atendente, é um dos bares que estivemos na noite anterior. Mas todo esse negócio de trabalho é o segredo dele, não o meu. O meu é olhar pela janela.

"Venha jantar", minha amiga-atriz me liga para dizer, "Não tenho que trabalhar amanhã."

Essa atriz "trabalha". Ela faz parte do um por cento "nessa cidade", membro do Screen Actors Guild, que consegue ser autossuficiente. Os outros noventa e nove por cento vivem, presumidamente, expectativas de meia-vida. Uma vez que ela sempre tem trabalho, ela nunca se refere a Hollywood como "essa cidade". "Essa cidade" são palavras a serem ditas em um tom amargurado como uma prova de corrupção (exemplo, "A única maneira de conseguir qualquer coisa 'nessa cidade' é dando a bunda"). No minuto em que escuto essas palavras ditas com sinceridade, fico inquieta e entediada. Ocasionalmente, me refiro a Hollywood como "essa cidade", mas só se a outra pessoa entender a ironia.

"O que devemos beber?", perguntou ela, quando nos sentamos em um restaurante. Bebemos a mesma coisa quando estamos juntas por algum motivo, talvez simetria.

"Tequila!", disse. Eu bebia tequila em San Francisco para me esquentar e em L.A. porque era apropriado.

Ele era enorme, esse cara. Lá estava ele, entrando no restaurante como se fosse... o esporte encarnado. Andava tipo... então eu soube... era basquete. Os dedos ligeiramente para dentro, músculos da perna intensos demais para as ruas da cidade, o cara era uma Ferrari. Seu sorriso tinha saído direto de uma foto vinte por vinte e cinco centímetros sobre papel brilhante, e decidi que se dane. As covinhas dele, também.

Ele bebia cerveja com os amigos e depois me disse que *ele* é que havia dado em cima de *mim*. Obviamente era ator.

"Um *ator*!", exclamou minha amiga atriz, Charlotte. "Logo você?! Pensei que fosse mais esperta."

"E sou", respondo. "Mas ele é... tão *grande*!"

"Mas, meu amor", insiste ela, "vou pontuar apenas uma coisa. A primeira coisa que atores fazem é descobrir o que você gosta, e aí eles fazem exatamente isso. Eles entendem instintivamente. Mas não é de verdade. Você entende?"

"Bom, vai ser incrível descobrir o que eu gosto", disse. "Eu me esqueci." (Quer dizer, se alguém vai saber instintivamente o que você quer, melhor aproveitar e descobrir o que é.)

Por três dias me afogo em luxúria. Nada é trivial demais nem excessivo demais. Burritos e champanhe. Nem sequer preciso sair no nevoeiro de poluição. Na quarta noite, minha irmã passa na minha casa.

Ela é pequena, leve, linda, sem quadris largos e com seios perfeitos. Eu estou quase sete quilos acima do peso, algo de que havia esquecido até o momento em que minha irmã aparece. Eu meio que tenho esse ar inabalável e nunca exibo qualquer uma daquelas virtudes femininas tão elogiadas por séculos, como modéstia, tato ou vulnerabilidade dócil. Minha irmã, ao contrário, sempre aparenta ter acabado de ver seu gatinho ser atropelado.

"Sua irmã é muito bonita", diz ele quando ela sai.

"Ah é?", respondo, endurecendo o tom de voz. "Bom, olha, se você preferir minha irmã, por favor, não ache que tem que ficar por aqui porque eu e ela já passamos por esse tipo de merda vezes demais!". (Como você pode ver, meu espírito generoso e minha natureza diplomática simplesmente afloram nessas ocasiões.) E adiciono uma última observação, "Homens são todos uns tarados!"

Ele pareceu surpreso. Depois, pegou minha mão em sua palma enorme e disse em um tom leve, um pouco abismado, "Eu *nunca* interferiria em algo tão *delicado* como a relação entre você e sua irmã."

Quando contei essa história depois, todas as mulheres que encontrei soltaram um gritinho de descrença. "Não, *sério!*", disseram. "Um *homem* falou isso? Eu não acredito."

Só Charlotte disse: "Olha! Está vendo o que eu falei?"

"O quê?"

"Sobre atores! Eles descobrem o que você gosta e depois eles..."

"Eu não posso acreditar nisso", disse. "Ele não é tão inteligente assim."

"Não é uma questão de inteligência", insistiu ela. "É instinto visceral. É assim que atores trabalham. O cérebro não faz a menor diferença. Alguns dos melhores atores são completos idiotas."

Mas "delicado", pensei sozinha, rodopiando de um lado para outro na minha mente como um sonho de jacarandás.

E talvez o sonho pudesse ter permanecido intacto, só que nunca é assim. Uma das razões foi que ele deu uma espiada na escaleta e descobriu que iria morrer ou virar um vegetal. Ele vinha interpretando Andrew Broston, um arquiteto corno, numa novela de televisão já fazia cinco anos. Embora o enredo desses dramas seja guardado a sete chaves para que não aconteça nenhum vazamento para os telespectadores, existe um esboço dos futuros episódios escrito de forma esquemática chamado de "escaleta" — o plot, sem nenhuma cena, basicamente resumido em alguma frase rascunhada sobre a história. Então, um dia meu jogador de basquete/ ator encontrou uma escaleta sem dono por aí e descobriu que o avião que Andrew Broston pegaria para Nova York, para acusar sua mulher de infidelidade, acabaria fazendo um pouso de emergência. Andrew se machucaria feio, mas sobreviveria, dizia a escaleta, e "nunca mais conseguiria falar novamente, permanecendo um vegetal humano".

"*Eu* não vou me tornar um vegetal", declarou, e eu pensei, em um momento de compaixão incomum, em preparar o jantar para a pobre criatura.

De verdade, não sei se foi a escaleta ou o jantar, mas, em geral, percebo que existe um momento na relação em que o homem desenvolve confiança e tranquilidade suficientes a ponto de entediar você até a morte. Algumas vezes, mal dá para perceber que aconteceu, esse momento, até que algum comentário descuidado instaura a suspeita. Descobri que essa letargia normalmente vem à tona se a mulher demonstra algum tipo de bondade especial. Como preparar o jantar. Depois daquele jantar, ele mal conseguia manter os olhos abertos. A conversa, que no passado era pontuada por palavras como "delicado", se tornou, nos dias subsequentes, um bombardeio contínuo contra seu agente, o produtor da novela, os roteiristas, e "essa cidade". (Eu tinha esquecido como isso podia ser horrível.)

Finalmente, uma noite, estávamos a caminho do centro pela autoestrada, rumo aos correios, onde ele fazia a última e triste peregrinação para enviar cartas de respostas a fãs que, com três semanas de atraso, ainda não faziam ideia de que ele entraria em um avião que ia se acidentar e transformá-lo em um vegetal. (Ele tinha fãs por toda parte; pessoas costumavam abordá-lo na rua para oferecer palavras de consolo sobre a mulher terrível que o estava fazendo de corno.)

"Eu não aguento mais", disse eu. "Odeio esse papo de agentes."

"Ah é?", retorquiu ele. "Bom, talvez você também me odeie."

Meu Deus, disse a mim mesma. Eu não deveria ter dito nada. Deveria ter calado a boca, ido para casa e rezado para que ele morresse na novela e melhorasse na vida real. Eu nunca deveria ter preparado o jantar.

O reflexo do pôr do sol das sete da noite deixou o céu do lado leste em tons de lavanda, as nuvens atrás de nós em um laranja queimado. Só que eu me sentia entorpecida demais para apreciar, e o corpo dele que parecia tão firme no passado agora estava tristemente preso à terra.

É o seguinte, eu *sei* que não dá para preparar o jantar para eles. Nem uma única garfada, nem se estiverem prestes a morrer. No Japão, pelo que sei, é considerado obsceno comer no mesmo cômodo de alguém do sexo oposto.

"Eu estou indo praí amanhã", o irlandês de San Francisco me ligou para dizer. "Vamos tomar uns drinques."

Fomos até o Polo Lounge (mesmo que lá não fosse de jeito nenhum o seu tipo de espelunca). Eram três da tarde e o pessoal sério do cinema tinha retornado às colinas após o almoço de trabalho. Eu e o irlandês pedimos bloody marys esplêndidas, ele pegou na minha mão e olhou dentro dos meus olhos, sorrindo. Fazia apenas seis semanas desde que o vira. Ele era maravilhoso.

"O que você tem feito?", perguntou.

"Ah... Você sabe...", disse eu. Não dava para responder "basquete".

"Tem trabalhado?"

"Bom, eu..."

"E o seu livro?", perguntou. "Você já falou com o seu agente sobre o que vai fazer?"

"Eu ia, mas só tenho... Que tal pararmos de falar sobre agentes?", sugeri.

O garçom traz mais vodca para "diluir o gosto entediante de suco de tomate", como ele gosta de descrever. O irlandês levanta o copo na minha direção e diz, "Você está maravilhosa."

Os gatos, aqueles que dormem no telhado do pátio no Polo Lounge, começaram a arranhar o beiral e uns dois deles descem pelos galhos da árvore no centro. Todos os gatos no Beverly Hills Hotel são malhados.

"Sabe", disse, beijando a palma da minha mão, "eu senti a sua falta."

Ele está vestido em um conjunto de alfaiataria em tweed enquanto eu pareço ter despertado numa cama cheia de bombons, penas de avestruz e coquetéis. Eu lhe assisto observar, com um pingo de desaprovação, dois jovens, provavelmente atores, que esperam o maître na entrada e que ainda estão usando suas roupas brancas e suadas de tênis. Eles são impacientes e levemente selvagens, as pernas fortes como uma rocha. Ahhhh, eu.

Desvio o olhar mais uma vez para as janelas, para o pátio lá fora, onde um gato malhado laranja e marrom acabou de pular de um galho para o chão.

Eu me pergunto se... (um dos atores tenistas me lança um olhar)... Eu me pergunto se um dia conseguirei ter o que gosto ou se meus gostos são variados demais para serem satisfeitos por apenas uma unidade de qualquer coisa. Eu me pergunto se um dia terei meu grande jogador de basquete de volta, do jeito que ele era antes. Ou todos os meus romances ocasionais irão se espatifar no chão depois de um mês, mais ou menos, como flores de jacarandá? Parece que sempre acabo com um desses irlandeses, entornando bebidas fortes, tendo que resistir a atores que sabem o que eu gosto, mesmo que seja delicado ou novelesco.

ESTÁDIO DOS DODGER

Você não vai gostar deste texto porque você não gosta de beisebol, então pode pular. Além disso, esse homem não significa nada para mim. Nada mesmo.

O truque para fazer chover é lavar o carro, como todo mundo sabe (dá para chamar a garoa lavando apenas o para-brisa, mas a chuva requer o carro inteiro), e o melhor jeito para ser convidada a um restaurante francês sofisticado é ter preparado um bom omelete quentinho, e aí, no momento em que todo mundo decidir sair para jantar e chamar você, você vai estar ali, sentada de pijamas, pensando em como é virtuosa por ficar em casa. Contudo, se quiser ser convidada para algo que não seja exatamente um jantar, você pode fazer uns ovos mexidos, sem pão, mas que seja com um queijo derretido ou algo do gênero, para mostrar a Deus que está levando a sério esse negócio de ficar em casa e ser virtuosa. O interesse Dele é atiçado e Ele procura uma tentação apropriada para você sucumbir.

Eu tinha acabado de preparar para mim uns bons ovos mexidos na minha nova panela antiaderente, não apenas com queijo mas com o delicioso cream cheese *salpicado* de cebolinha que estava na moda, era sábado e apenas cinco e meia da tarde. (Eu tinha considerado colocar chorizo, aquele embutido mexicano, mas chorizo tem tanto alho que se você fizer qualquer coisa usando *aquilo* alguém tremendamente atraente que você mal conhece vai aparecer do nada e eu não estava a fim disso, fosse sábado à noite ou não.)

Eu me aconcheguei na frente da televisão para assistir à reprise de *Mulher exótica* e tinha acabado de dar a última mordida deliciosamente aveludada (aquele cream cheese é tão macio) quando o telefone tocou.

"Escuta", disse — ele nunca tinha que anunciar seu nome, nossas vozes estavam gravadas no coração auditivo um do outro —, "estou nessa sua cidade de merda já faz uma semana e fiquei preso em um estúdio das seis da manhã até onze da noite e eu *tenho* que sair daqui. Os Dodgers estão jogando contra os Giants, pensei que talvez você..."

"Beisebol...", presumi corretamente. Tive esse sentimento instantâneo de que ele estava prestes a me dizer que ia com alguns amigos e que, se conseguisse cair fora mais cedo, me levaria para jantar.

"Bom, sei que não é o tipo de coisa que você normalmente faz, mas..."

"Você quer que *eu* vá com você?"

"É, bom, pensei que talvez a gente só... Mas se você for ficar entediada..."

"Beisebol? *Eu*?", disse, atribuindo tudo ao cream cheese. *Tinha* que ser o cream cheese.

"Mas eu adoraria", emendei logo. "A que horas nós..."

"Busco você em quinze minutos. Agasalhe-se."

Eu já estive do outro lado do mundo em um avião e testemunhei revoluções em Trafalgar Square, mas ninguém jamais me convidou para um jogo de beisebol em qualquer momento da minha vida americana. As pessoas me levam a exibições de filmes cult, me arrastam até boates novas da moda, me encontram em táxis, querido, e me carregar a lugares perigosos onde toca música cubano para *bailarmos* noite adentro. Não me levam a jogos de beisebol — isso não passaria pela cabeça delas. Não causa surpresa que eu seja tão trouxa por esse sujeito. Ele é o único que poderia me levar a um jogo de beisebol, mas aí *ele* poderia me levar a uma exposição de flores em Pomona, e não seria mais estranho quanto a ideia de nós dois juntos já o é.

Eu me lembro da primeira vez que o vi. Foi na recepção de uma atriz da *nouvelle vague* em um bangalô atrás do Beverly Hills Hotel, e todo mundo estava trocando comentariozinhos entediados e desbotados em francês e se aborrecendo porque a torrada para o caviar não estava amanteigada o bastante — quando ele entrou, vestido como Johnny Carson e pedindo uísque escocês.

Eu dei o bote e o atraí para um canto.

"Você acha que esses sapatos são roxos demais?", perguntei.

"Roxos demais?", disse ele, olhando para meus pés. "Se eles não são roxos *demais*, eles não são roxos *o bastante*."

E ali, naquele chão gelado de mármore com aquela companhia complicada, eu me apaixonei perdidamente sem olhar para trás e me perguntei o porquê de uma garota tão legal quanto eu estar em um lugar como aquele.

71

Nessa era de homens e mulheres esquivos, que se escondem até que apareçam os resultados do feminismo radical e da corrupção generalizada que sangra o país de cabo a rabo, eu fui atropelada de paixão por um homem obviamente americano. Na minha cabeça, daquele momento em diante, sempre pensei nele como O Último Americano. Era uma pena que Henry James não pudesse vê-lo, o jeito com que vestia roupas comuns, mas com tamanha leveza e despreocupação que deixava todos os outros homens no recinto envergonhados com suas camisas parisienses justas e ternos milaneses de alfaiataria. Ele, é claro, estava ocupado demais para se importar com algo além de uma gola rulê e uma jaqueta razoável, mas sua presença física era tão natural que parecia Astaire em pessoa. Muito americano.

Era ocupado demais até para perceber o resultado do jogo entre homens e mulheres. Era provável que nem sequer houvesse notado. Depois disso, compreendi tudo perfeitamente: homens e mulheres estão presos um ao outro. Homens vão a festas que em realidade não gostam porque mulheres querem ir, e mulheres apaixonadas se mostram dispostas e vão a partidas de beisebol, mesmo que a ideia de ir a um jogo nunca tenha passado pela cabeça dela. É bem confortável estar presa.

E então, lá estava ele, quinze minutos depois, um homem impaciente, desconfiado, criado na tradição de ter que ficar esperando pelas mulheres.

"Estou pronta", disse eu, e estava.

"Você está suficientemente agasalhada?"

"Casaco de pele", respondi, jogando a peça por cima do braço e seguindo porta afora atrás dele em direção ao fim de tarde ensolarado. Uma vez em segurança dentro do carro (depois de ele ter aberto a porta para mim — o cara é de outra época também, não só do sexo oposto), pedi, "Bom, me conte sobre beisebol, sobre você e beisebol..."

"Ah... É bem chato", disse, com alguma dúvida.

Fomos pela Sunset porque na noite anterior cinquenta mil pessoas haviam causado um engarrafamento na via que contornava o estádio. A logística com ele era sempre elegante — um traço de personalidade que poupava incalculáveis milhões de dólares ao estúdio todo ano.

"Esse não é nem um jogo tão importante", disse. "É apenas o décimo primeiro da temporada..."

"Então não importa?", questionei.

"Bom, se você ganhar o primeiro e o segundo e seguir assim", explicou, "vai somando." O jeito que dirigia era uma de suas coisas mais inexplicáveis; guiava com a cabeça distraída, uma delicadeza quase vagarosa, como se, quando estivesse dentro de um carro, o mundo desacelerasse; praticamente um momento de devaneio. "Sabe", disse em um tom sonhador, "eu não vou a um jogo... faz cinco anos. Quando era criança, eu era fanático. Nós costumávamos assistir aos treinos deles."

"De quem?"

"Dos Dodgers", respondeu, como se não existisse ne′nhum outro time.

"Bom, não dá para ver pela televisão?"

"O telefone não vai parar de tocar só porque estou assistindo à TV", disse ele.

"Bom, não está feliz por não ter um daqueles negócios de médico que apitam no bolso?", foquei no lado positivo.

"Ai, Jesus", ele se arrepiou.

Por volta das seis e quinze, chegamos ao amplo estacionamento, que se assemelhava a um pedágio, adentramos o vasto labirinto circular, que já estava cheio mais do que a metade; ele enfiou o carro em uma vaga, que parecia ser daquelas que têm uma placa informando que qualquer um sem um adesivo especial pode ser rebocado, e parou ali. Eu nunca havia visto ele fazer algo tão imprudente antes.

"E se rebocarem o carro?", odiava ser a chata, mas, mesmo assim...

"É alugado", ressaltou. "E, de qualquer forma, ele não é bom, eu ia levá-lo de volta amanhã e pegar outro."

"Bom... Ok." Só conseguia imaginar a gente naquela lonjura sem carro, descendo até a Sunset e tentando pegar um táxi. Decidi não me preocupar com isso.

Andamos em direção ao estádio lá em cima com toda aquela gente. De primeira, não notei nada, porque a multidão se parecia com qualquer uma que frequenta qualquer um desses eventos gigantescos que já fui. Jovens, de vinte e poucos anos, usando jeans e sobretudo e todos tinham cabelos longos (depois, sentada na arquibancada e olhando para todo aquele cabelo percebi quanto as companhias de xampu devem faturar). A única diferença era que também havia muitas crianças pequenas — *muitas* crianças pequenas.

As crianças também tinham cabelos longos. Espera aí, pensei comigo mesma, achava que beisebol era... Quer dizer, achei que as pessoas que iam a lugares que eu nunca ia, como jogos de beisebol, eram todos trabalhadores braçais gordos, de meia-idade, segurando cervejas Pabst Blue Ribbon. Ou, pelo menos, jovens republicanos caretas, com cabelo à escovinha e namoradas sardentas. Todas *essas* pessoas pareciam estar indo a um show de Dylan.

"Olhe para essa gente", me animei. "Pensei que todo mundo aqui seria..."

"Da *minha* idade, né?", ele me deu um olhar frio e bem calculado. Meu Deus, pensei, o que *acabei* de fazer?

"Não, mais velhos", tentei consertar. Pela primeira vez na vida não fiquei com inveja de sua mulher em Nova York; apartamento na cobertura, casacos de pele, qualquer coisa. Ele nunca havia ficado bravo comigo antes, mas agora vi como poderia ser; era assustador.

Mas aí, fomos chegando perto e a atmosfera do beisebol agiu, ele deu de ombros e colocou os braços em volta de mim. Essa foi por um triz.

Pegamos nossos ingressos e avançamos para dentro dos portões, onde tocava música e vendedores anunciavam seus produtos, ele comprou um cartãozinho de pontuação e ficou em êxtase. O cheiro intenso e festivo de mostarda cortou o ar dissolvendo qualquer tipo de raiva residual, e zilhões de crianças pequenas com bandeirolas e bonés azuis daqueles de plástico do Dodgers atropelavam jovens casais enquanto todos nós nos entregávamos ao pôr do sol.

O ritmo da música no órgão nos compelia a uma realidade que só existia dentro daquelas paredes do Vatican Stadium, e os estúdios, os telefones, a morte e carros alugados eram coisas que pertenciam apenas ao lado externo, caso quisessem reivindicar qualquer tempo ou espaço.

Eu amo multidões. Elas eliminam o livre-arbítrio; você finalmente está livre: na prisão.

Nossos lugares ficavam bem no alto. Eram próximos à terceira base e por isso dava para ver, por cima das arquibancadas do outro lado, as colinas verdejantes sob o crepúsculo que se aproximava. Nas colinas verdes, havia plantas-de-gelo de um violeta agressivo, como um arranhão na superfície do mundo, vertendo sangue roxo. O campo de beisebol lá embaixo era lindo. Era a primeira vez que via um, mas tenho certeza de que as outras pessoas concordavam comigo. A grama estava cortada em desenhos padronizados como jardins zen japoneses e toda a terra estava esculpida numa espiral em baixo-relevo.

"É tão lindo", suspirei.

"Nada mal", concordou ele.

Os bancos ao nosso redor começaram a ser ocupados por toda aquela gente e o evento tomou conta de tudo; ganhou vida própria permeado por uma leve tensão, como quem vive uma história de amor. Uma vez dentro dos portões, você pode se importar com o jogo de beisebol ou não. Pode conversar casualmente com um amigo, porque sabe que não vai perder nada de relevante, a multidão vai ser seu alerta e guia durante toda a partida.

Às sete horas, ficamos de pé e uma senhora horrorosa cantou uma versão moribunda de "The Star-Spangled Banner", foi quando vislumbrei um homem, o único que parecia um trabalhador braçal de desenho animado, tirar o boné para a ocasião. Fora isso, era um mar de cabelos longos e bonés azuis de plástico em criancinhas. Depois nos sentamos e esperamos.

Beisebol é fácil de entender, ao contrário do futebol americano, que já tentaram me explicar em detalhes e eu até compreendo por um breve momento, mas então tudo se desfaz no meu cérebro e resta apenas algo parecido com um problema de cálculo assustador. A tensão do beisebol vem em rompantes entre longas esperas em que todo mundo pode se esquecer do que está acontecendo, um ritmo perfeitamente parecido com a vida.

"Esse é o seu time", ele me explicou logo que nos sentamos e os caras se aqueciam de modo casual no campo enorme. "O time da casa sempre usa branco e o outro cinza."

"*Meu* time?", quase ri. Quer dizer, até posso acompanhá-lo, com toda a gentileza do mundo, a um jogo de beisebol, mas ele não podia esperar que eu escolhesse um lado, não é? Só que era tarde demais porque, de alguma maneira, antes mesmo da coisa começar, adquiri uma lealdade intensa e voraz pelos Dodgers, e nem sei como isso se deu. Nunca pensei que a personalidade externa que construí, materializada em uma senhorita elegante e blasé hollywoodiana, iria se esfacelar no primeiro embate com esses americanos de uniforme branco lá embaixo, mas ali estava eu. Fissurada. Muito cedo na vida descobri que a melhor maneira de conhecer qualquer assunto era ser apresentada a ele pela pessoa certa. Como a primeira vez que senti o cheiro de caviar: coloquei-o de volta na bandeja no mesmo instante, esperei cinco anos até que me fosse oferecido, acompanhado por vodca gelada, no salão de uma condessa russa exilada e *aí* eu amei. (Eu não gostaria de ser uma daquelas pessoas que não gosta de caviar.) No entanto, sempre pensei que beisebol nunca aconteceria para mim, mas eu não tinha previsto O Último Americano me tornando uma fã do Dodgers do nada.

O jogo começou bem no cair da noite, e ele tentou me explicar o que estava acontecendo, o que ia acontecer e por que quarenta e sete mil pessoas resmungavam e gemiam num momento e quarenta e sete mil pessoas comemoravam e berravam "corre" em seguida. Um homem grande e impassível subia e descia as escadas pegando moedas no ar de maneira genial e lançando sanduíches recheados de sorvete de volta com uma destreza impressionante, enquanto isso, homens incrivelmente ágeis pegavam bolas altas com uma perfeição similar, porém mais grandiosa, no campo abaixo.

"Olha como esse cara lança rápido", ele me disse sobre o arremessador, e assisti à bola ser arremessada pelo ar com uma seriedade intensa demais para ser apenas um jogo. O arremessador, decidi, era uma pessoa estranhamente séria no meio de todo esse vai-logo-espera-um-pouco.

Acima da arquibancada do lado oposto, havia uma única e longa palmeira tentando espreitar o estádio. Aquela palmeira era tudo que existia de Los Angeles, ou de qualquer coisa externa — o único jeito de ainda ter certeza de que se estava no sul da Califórnia e não só no mundo do beisebol. Ele me contou que o último jogo que tinha visto fora arranjado pelo estúdio e que eles se sentaram no camarote atrás da base do batedor, o melhor lugar. Mas, diferente de shows de Dylan, não importa muito onde você esteja sentado no beisebol, ou se sequer se está sentado, porque algumas das crianças nunca estavam — corriam para lá e para cá nas arquibancadas totalmente absorvidas por qualquer coisa que acontecesse na sua frente. E não importa se você bocejar; bocejar é um luxo que condiz com toda tensão.

"Não me surpreendo que todo mundo ame isso", disse a ele. "É tão..."

"Ahhhhh, para com isso", sorriu com um ar crítico, "você não está realmente..."

Então, um merda de um Giant acertou um home run! Quarenta e sete mil pessoas estavam vidradas na bola, o defensor externo corria de costas, e ele quase... quase... Mas não conseguiu.

"Ahhhhhhh", todos exclamamos.

"Como esses merdas dos Giants *fizeram* isso!", rosnei. "Eles não vão *vencer*, né?"

Eu segurava o braço dele com bastante força.

"Calma", disse ele.

"Mas eles *não podem* vencer!"

Estávamos antes na confortável pontuação de três a um a nosso favor, mas agora estava três a dois! E, agora que *estava* três a dois, o estádio ganhou vida com a preocupação. Não havia mais conversinhas à parte, meu Deus, refleti com os

cotovelos apoiados nos meus joelhos e a unhas nos dentes.
Na nona entrada o placar ainda era três a dois, e os merdas
dos Giants foram para a rebatida, fazendo substituições por
batedores trapaceiros e qualquer coisa que tivessem na manga.
Se eles marcassem mais um seria empate e partiríamos para
as entradas extras (e estava começando a esfriar). Eles tinham
dois homens na base; os Dodgers tinham um arremessador
claramente improvisado, já que o outro tinha se lesionado na
frente de todos depois de lançar apenas uma bola. Descobri
que a maioria dos Dodgers, aliás, estava no departamento
médico tentando se recuperar, e no jogo a que assisti mais
dois tombaram. Então, esse novato estava arremessando, e
os malditos Giants tinham dois homens na base e tudo que
precisavam fazer era mais um home run e tudo estaria perdido.
Mas, no momento que sucumbia à melancolia, um maravilhoso jogador de terceira base conseguiu pegar a bola sem
esforço, e, assim, não só não tivemos que ficar para as entradas
extras, como também saímos mais cedo e ainda *ganhamos*!
"Nós ganhamos! Nós ganhamos! Nós *ganhamos*!", berrei
de felicidade.
"Você gostou mesmo?", perguntou ele, finalmente acre-
ditando em mim.
"Sim. Onde é que vamos na próxima vez?"
"Hóquei, quando eles estiverem jogando...", decidiu após
um momento de reflexão.
"Ah, eba", respondi. Tínhamos nos juntado à multidão
na saída em direção ao estacionamento e o caos subsequente
para sair do local que, afora esse momento, até que era bem

projetado. Ficamos presos naquela cena do estacionamento por um tempo infinito (vinte minutos), e ele caiu em outro devaneio.

"Sabe", começou, "quando eu era criança, tentei entrar nos Dodgers."

"Ah é?", tentei imaginar ele de branco e consegui perfeitamente. "Você teria sido ótimo, eu acho."

"Cheguei até a fase final dos testes", continuou. "Tinha só dezessete anos. Poderia ter entrado na temporada seguinte, mas a guerra…" (Ele queria dizer a Segunda Guerra Mundial, quando foi tenente ou coisa parecida no exército, e meus pais eram casados com outras pessoas e nem consideravam me ter.)

"Qual posição você tentou?", perguntei rapidamente, me lembrando da fria e calculada raiva, que precisava ser evitada a todo custo.

"Lançador", disse.

"E o que acontece quando você é o lançador?"

"Bom… Você leva uma vida boa. Treina seis meses por ano, joga uns dois e o resto você está de folga."

"Parece com o seu tipo de vida de agora", sugeri.

Mas ele não estava escutando e continuou. "E se você se comportar e não arranjar nenhum problema, acaba se tornando treinador ou diretor de um time…" O tom melancólico foi desaparecendo e voltou mais realista. "Ahhh, mas eu nem teria sido tão bom assim."

"Sabe o que eu desejo?", disse; o trânsito afinal tinha se desfeito e estávamos começando a nos mover. "Eu desejo tomar um daqueles uísques escoceses duplos."

"Quer saber?", disse ele. "Eu também. Para onde vamos?"

"Bom, por sorte ainda estamos com o carro", disse eu, "então podemos ir a qualquer lugar."

Mais tarde, enquanto nos sentávamos em um pequeno restaurante francês escondido, já com os nossos uísques e tendo feito o pedido, olhei para ele e pensei que teria se tornado um ótimo lançador, mas, se tivesse, eu nunca o teria conhecido; ele nunca teria se encontrado nessa vida hollywoodiana/nova-iorquina de estúdios e garotas em recepções em bangalôs que lhe dão uma olhada e o acham exoticamente americano, o bastante para atacar.

Ele girava o copo na mão com leveza, ignorando os movimentos na mesa ao lado, onde um agente surpreso se levantou num salto para ir até nós, nos metendo no passatempo predileto de Hollywood: tentar vender um filme.

"Jesus, tenho tentado entrar em contato com você já faz duas semanas...", começou o agente, deslizando para dentro da nossa mesa.

A liberdade do anonimato da multidão tinha se prendido com tanta força ao olhar do Último Americano que ele teve que piscar umas duas vezes para focar naquele rosto que lhe deveria ser familiar, tentando se lembrar de onde o conhecia, mas não demorou tanto para se recordar do projeto, e só alguns segundos para seus olhos estranhamente juvenis corresponderem à ocasião. Ele riu, deu uma batidinha no ombro do agente, e logo se desfez da amnésia.

Eu senti que desaparecia ao fundo e deixei as vozes me afogarem, bem consciente do meu lugar nesse tradicional romance clandestino. Havia bastante tempo para me preocupar sobre quem estava tirando vantagem de quem nessa guerra entre homens e mulheres ou sobre o futuro do país ou qualquer coisa do tipo. Senti a mão do Último Americano passar por baixo da mesa e repousar bem acima do meu joelho, e, de repente, pensei que tinha sido uma sorte não ter lavado meu carro naquela tarde.

HEROÍNA

Você provavelmente vai achar que estou exagerando em relação à Terry, que atribui a ela coisas que não existem. (Especialmente depois da noite que ela disse "vai se fuder" para um policial em Beverly Hills e quase meteu todos nós na cadeia.) Mas ela se comporta para compensar tudo isso. E prometeu não beber mais na frente de estranhos, sério. De qualquer maneira, ela me ajudou de um jeito esquisito quando eu estava bem, bem, bem para baixo. E nós temos que ficar unidas ou esse heroína--ismo vai nos encontrar em casa sozinhas sem a companhia de nenhuma amiga para sair e beber, e nos Estados Unidos isso pode levar a bebidas mais fortes, músicas ainda mais loucas e uma sepultura precoce.

Em Santa Monica tem um prédio enorme com muitos andares e uma praia privativa. Parece tão festivo em dias quentes, quando a brisa do mar bate nos toldos de lona, sacudindo-os de um lado para o outro, que dá vontade de morar lá. Para isso, primeiro é preciso convencer alguns observadores bem rigorosos de que você serve, e em segundo lugar deve entregar todos os seus bens materiais, como carro, dinheiro e móveis. Aí você terá permissão de ingressar no Synanon. Eu conheci uma mulher que conseguiu convencê-los de que ela era uma junkie (era uma ótima atriz), mas na verdade nunca tinha usado heroína. Três meses depois em uma daquelas maratonas de jogos, ela confessou que não era adicta. Ficaram tão bravos que ela foi obrigada a raspar a cabeça.

"Para começo de história, por que é que você queria ir para lá?", perguntei. Agora ela mora no vale, é casada e estuda à noite. "Quero dizer, você teve que dar o seu carro para eles, pelo amor de Deus."

"Eu sempre gostei de praia", contou. "E nunca tive um pai."

"Ah", respondi.

"Estava tudo bem até que o diretor decidiu que, como ele ia parar de fumar cigarros, todos nós tínhamos que parar."

Como já parei de fumar, entendi o que ela quis dizer. A não ser que se esteja no estado de espírito certo, é impossível. Fumar tinha sido tão glamouroso por tanto tempo, todos aqueles fósforos, aquelas pausas, o batom nas pontas — a fumaça subindo no modo mais casual nos momentos mais espantosos. Mas por outro lado, fumar, mesmo que glamouroso, nunca foi tão glamouroso quanto heroína — e morrer por causa de cigarros não tem a mesma qualidade crepuscular e trágica que a overdose traz à morte. Heroína é o excesso romântico mais celebrado de nosso tempo.

Já faz um bom tempo que pensei seriamente sobre heroína, mas ontem, enquanto tomava uns drinques com Terry Finch, me lembrei de tudo que já senti com total clareza.

Ouvi dizer que alguém perguntou a William Burroughs por que ele usava heroína e ele simplesmente respondeu, "Para que eu possa me levantar e me barbear pela manhã."

Outra lembrança veio da vez que quase tentei convencer Janis Joplin a me deixar fazer a capa de um álbum. Um amigo em comum ia nos apresentar. Fomos até o estúdio de gravação e entramos na sala do produtor e o *som* estava tão alto que meu corpo inteiro se encolheu de dor. O cara tinha ficado tão surdo que precisava daquele volume para escutar. Janis Joplin estava adormecida no chão.

"Como é que ela consegue dormir?", berrei.

"O quê?", perguntou o produtor.

Dois dias depois o amigo em comum tentou de novo e dessa vez fomos ao Landmark Motor Hotel. Foi de dia. Entramos na área da piscina e lá, na água, com uma tez cinza-

-esbranquiçada de lavadeira irlandesa, de maiô preto, estava Janis Joplin, boiando. A piscina azul cintilava ao redor dela. "Ela está morta?", murmurei. Eu estava com medo. "Voltamos depois", meu amigo disse enquanto recuávamos.

Uma semana depois, ela morreu. E as pessoas se perguntaram como ela poderia fazer algo tão estúpido quando tinha tudo.

Mulheres estão preparadas para sofrer por amor; está escrito na certidão de nascimento. Mulheres não estão preparadas para ter "tudo", não o tipo de "tudo" do sucesso. Quero dizer, não quando o "tudo" não é viver feliz para sempre com o príncipe (mesmo que dê errado e o príncipe fuja com a babá, existe pelo menos um *precedente*). Não existe precedente para mulheres que ganham o próprio "tudo" e descobrem que essa não é a resposta. Especialmente quando se tem fama, dinheiro e amor por se esgoelar sobre como você era triste e sozinha e acabada. Que é apenas a versão mais sombria do "tudo" de Hollywood em que quanto mais vulnerabilidade e incapacidade se projeta na tela, mais fama, dinheiro e amor despejam em você. Você só receberá "tudo" se parecer totalmente confusa. O que deixa você com pouquíssimos amigos.

O tipo de amigos que se ganha quando se tem "tudo" (depois que os velhos amigos decidem enviar todos os seus roteiros a você, a ponto de deixá-lo com medo de esbarrar com eles para não ter que explicar por que você ainda não os leu) são parentes próximos ou outras pessoas famosas. Muitas vezes, foram os parentes próximos que o levaram a esse nível de excesso, para começar. Então o que resta são outras pessoas com "tudo". Em Hollywood, normalmente existe um período especial em que você tem permissão para catar alguns amigos antes de ser convencido a se relacionar apenas com outras celebridades. O truque é achar amigos sofisticados o bastante para entender do que você está falando, mas desinteressados o suficiente para não virem até você com roteiros. Às vezes, tudo acontece tão rápido que não há tempo de achar amigos verdadeiros ou é até possível, mas na época em que deveria estar procurando, você ainda está agindo como antes, à espera do príncipe. Então quando "tudo" chega, não se tem nada. Especialmente se você é uma mulher e está à espera do príncipe. Janis Joplin estava sempre se perguntando quando o príncipe chegaria, e a espera era tão entediante que ela encontrou a supressão total no lago plácido, vazio, límpido, sorridente da heroína. Uma amiga famosa dos famosos.

A única vez que cheguei perto de experimentar foi durante um período turbulento na minha vida, que durou uma semana, quando me deparei com a possibilidade de que um livro que eu tinha escrito se tornasse um best-seller. Uma dor curiosa se instalou em meu peito e nem Valium nem uísque Wild Turkey pareciam ser capazes de anestesiá-la. Meus amigos antigos me ligavam e soavam diferentes: "Como você conseguiu publicar *aquilo*?", eles questionavam sem vergonha alguma e adicionavam, "Bom, agora que você é uma estrela, como se sente?"

Encurralada. Não tinha para onde ir, a não ser para cima. Tomei outro drinque.

"Que tal eu passar aí com um pouco de heroína?", esse meu amigo estranho do passado sugeriu. E ele apareceu, mas eu tinha saído. "Covarde", ele me ridicularizou, "eu sabia que ia amarelar." (Ele me ligou só para me ridicularizar.)

Dois dias depois, ele comprou um estoque de qualidade excepcionalmente boa e morreu. Durante quatro dias, ninguém percebeu nada e, por fim, a polícia sentiu o cheiro e o removeu de um beco próximo ao Santa Monica Boulevard.

(Quando alguém morre de heroína, como mágica uns dois ou três amigos surgem para substitui-lo e se vingar de Deus, se tornando junkies também. O que correlaciona tudo isso é a perversidade.)

Não fiquei famosa, mas cheguei perto o bastante do sucesso para sentir o fedor. Tem cheiro de pano queimado e gardênias rançosas, e percebi que o mais terrível sobre o sucesso é ele ser mantido por tanto tempo no alto de um pedestal como se fosse aquilo que fará tudo ficar bem. E a única coisa que faz tudo ser minimamente suportável é ter um amigo que saiba do que você está falando.

Conheci Terry Finch quando ela tinha acabado de assinar contrato com a gravadora para quem eu estava trabalhando. A assessora de imprensa de quem eu era assistente ficou muda de alegria quando descobrimos que Terry Finch não era outra hippie monossilábica, viajandona, de Topanga. Mesmo tendo só vinte e seis anos, ela tinha completo controle de si mesma. Escreveu a própria nota biográfica, um poema longo e lindo sobre sua cidade natal na Dakota do Norte, seus anos em

Roma, onde estudou arquitetura, e seu amor pelo Hughe's Market. Era uma estrela, eu via com clareza.

Ao que me parece, você pode ter qualquer tipo de característica física para ser uma estrela, desde que a pele seja luminosa. Quase todas as estrelas do cinema têm esse tipo de pele, quando se vê de perto. Eu não sei se elas ficam assim depois de virarem estrelas e alguém massageia esse brilho nelas, ou se elas se tornaram estrelas *porque* são assim. Elas brilham no escuro. Os homens também, como Dean Martin e Tony Curtis. Mick Jagger antes parecia um Gainsborough, só que não mais. Talvez eles nasçam com esse brilho.

A pele da Terry era assim. As feições eram interessantes, mas teriam passado despercebidas se não fosse pela sua pele e seu cabelo espesso, ondulado e cor de mel. Os seus olhos tinham uma cor acinzentada estranha; os dentes, pequenos e brancos, e os ossos internos frágeis como renda. Mas era coberta por uma pele que lhe dava ares de ter acabado de sair de um iate, a tez lisa e bronzeada, com bochechas da cor de pés de bebê. Fio a fio, seus cílios delineavam os olhos cinzentos, um milagre de texturas. A maioria das pessoas é ou prateada ou dourada mas Terry era as duas coisas, com olhos cinza no meio de toda aquela cor. Lá estava ela, uma garota comum, esbelta, com seios pequenos e sem quadris, que parava tudo quando entrava na sala. Mas ela não queria isso; ela queria cantar.

Ela cantava com uma voz alta e surpreendentemente rouca sobre a perda do seu amor para uma moça da fazenda lá na Dakota do Norte. Ela se sentava ao piano e batia o pé no pedal ruidoso enquanto as mãos voavam pelas teclas como pássaros, a voz estrondosa como o Niagara Falls.

Ela era realmente um espetáculo. Eu a achava incrível. Ouvia seus discos o tempo todo e esperava, confiante, que ela se tornasse uma estrela, mas nada aconteceu exceto a falência da gravadora em que eu trabalhava e onde ela gravava.

Vi Terry algumas vezes nos anos seguintes e, apesar do que não havia acontecido, ainda tinha certeza de que uma vulnerabilidade ingênua como a dela não desapareceria sem ser notada. Ou ela seria, comecei a pensar, uma daquelas mulheres estranhas e excêntricas, loucas demais para serem aceitas em sociedade?

Uma vez a encontrei em uma festa; ela estava usando calças de equitação inglesas, botas de cano alto, uma blusa de seda creme e uma jaqueta justa de veludo cotelê verde. De algum modo, tudo combinava para fazê-la parecer Errol Flynn interpretando Robin Hood. Nós nos cumprimentamos e trocamos números de telefone.

Quando meu livro foi publicado, Terry Flinch me ligou e parecia contente, não como os outros que perguntavam como era ser "uma estrela". Ela havia gostado do livro, disse, tinha até mesmo comprado um exemplar e lido. Havia um traço de cautela, contudo, quando ela me perguntou se eu teria algum tempo livre na agenda para um drinque, ao que respondi que minha vida toda era tempo livre e por que não saíamos agora mesmo? Era com ela, pensando bem, com quem eu estava bebendo quando meu amigo estranho com a heroína passou lá em casa e decidiu que eu tinha amarelado.

Terry e eu tínhamos ido ao Formosa Café, que fica na mesma rua do meu apartamento. É um antigo vagão de trem decorado com fotos vinte por vinte e cinco centímetros de Betty Grable e Zachary Scott. Nós pedimos rumaki e mai-tais.

"Sabe", disse ela, "estou tão feliz por seu livro. Foi lançado justo quando decidi que eu nunca chegaria a lugar algum e que era melhor voltar para a Dakota do Norte, dura e sem nada acontecendo. Encarei seu livro como um bom presságio. E naquela noite conheci um diretor e ele vai me dar um papel no filme que está fazendo."

"Ah, que maravilha", disse. *Era* uma maravilha, podíamos falar sobre algo além de ser uma estrela encurralada. "Quando é que começam as filmagens?"

"No verão, na Espanha. Vou conhecer a Espanha com tudo pago mais cinco mil dólares." Ela pegou um rumaki pelo palitinho e continuou, "E eles vão me deixar cantar uma das minhas canções numa cena em uma boate."

Nós nos sentamos no compartimento do Formosa Café e tagarelamos a tarde inteira, sonhando com a Espanha.

Eu não sei quantos meses se passaram antes de começar a ouvir relatos estranhos que diziam: "Terry Finch está absolutamente fantástica. Ela roubou a cena."

Pessoas que haviam assistido ao primeiro corte do filme e acompanharam a edição saíam abaladas. Elas me invejavam porque eu a conhecia.

O filme foi lançado.

Ela apareceu nas capas da *Vogue, Time,* e na agenda cultural do *Los Angeles Times. Esquire, Rolling Stone, The Village*

Voice e *Cosmopolitan* proclamaram como ela era brilhante e linda. Terry e o protagonista masculino saíram em turnê promocional pelos Estados Unidos e apareceram em todos os talk shows imagináveis e ela recebeu nada além de amor, até mesmo de Johnny Carson, e você sabe como ele é. No filme, ela era frágil e estava morrendo de tuberculose; uma visão de beleza vulnerável não pode deixar de ser aclamada. Então, todo mundo simplesmente se apaixonou. E eu me perguntei, de modo vago, o que aconteceria quando se sentasse ao piano e cantasse aquela música sobre a garota da fazenda.

Ela retornou a Los Angeles e eu a vislumbrei ao lado de companhias esplêndidas em restaurantes e festas, o cabelo preso para trás, com severidade, em um laço preto. Ela se tornou elegante; não era mais Robin Hood. Eu a vi uma vez com um vestido azul de algodão que ia até os pés e fazia com que ela parecesse flutuar. E outra vez a vi toda de preto com um chapéu, parecendo Garbo.

Era muito difícil não acreditar que ela devia ter "tudo", mesmo depois do meu recente choque com a realidade. Se eu a tivesse conhecido depois de ter visto o filme, teria ficado irritada se ela tocasse qualquer coisa além de canções de ninar no piano, tão intenso era seu brilho no escuro. Quando ela não estava nas telas, tudo que você podia fazer era esperar pelo retorno. E a música virou sucesso internacional.

Uma noite, esbarrei com ela em uma festa e nós trocamos números de telefone que não constavam nos catálogos e ela disse que me ligaria. Agora que era uma estrela, duvidei.

"Escuta", disse ela, dois dias depois, "por que você não vem aqui em casa. Eu tenho uísque escocês."

Depois de ela ter ficado famosa, calculei, tínhamos de nos encontrar em sua casa e não no Formosa, mas isso não parecia tão grandioso considerando o que havia acontecido com ela.

"Eu sairia para me encontrar com você", explicou, "mas meu carro está fudido."

"Você não vai mandar consertar?"

"Consertar! Custa dinheiro consertar esse carro. A-ham, você acha que sou rica! Eu *não* sou rica. Eu não tenho dinheiro. Quase nenhum."

"Ah...", disse.

"*E*", continuou, "eles têm mandados, então se eu dirigir meu carro e for parada, vou para a cadeia."

"Ah...", repeti.

"*E* eu perdi todas as minhas roupas em Cleveland."

"Você não ganhou nenhum dinheiro com o disco?", perguntei.

"Eles são donos dele", contou. "Mas tenho metade dessa garrafa de uísque escocês. Então por que não vem aqui em casa?"

Depois de retornar da turnê promocional, Terry teve que se mudar do pequeno bangalô onde morava já fazia cinco anos porque seu número de telefone e endereço haviam sido listados e ela se tornara uma estrela. Não era seguro. Foi morar alguns quarteirões de distância em um antigo hotel residencial de Hollywood, no quinto andar, com vista para o Hollywood Boulevard. De suas janelas, olhando ao leste, lá estava Hollywood Boulevard. Ao oeste era só a Hollywood sem graça. E a montanha na extremidade sul de Laurel Canyon.

O apartamento era uma mistura desorganizada de projetos em andamento. Todas as superfícies tinham pilhas de partituras de música, aquarelas, amplificadores, blusas de seda e sapatos adoráveis. Fotografias e recortes de jornais estavam por todo lado. A desordem tinha tomado conta.

Bebemos uísque e tentamos conversar, mas o telefone tocava no meio de cada pensamento. Agentes, advogados, velhos e misteriosos conhecidos, e por aí vai. Ela não pareceu contente em falar com ninguém, a não ser com sua irmã na Dakota do Norte.

Terry tinha acabado de voltar de Sausalito, onde gravava um álbum. Ela teve que passar uma semana a mais por lá porque ela odiou a mixagem preguiçosa do produtor e então teve que mixar por conta própria.

"Você sabe fazer isso?", questionei. Quando você faz um álbum, todos os instrumentos diferentes são tocados separadamente em fitas distintas chamadas tracks. No final, essas tracks são mixadas para que o baixo elétrico não fique alto demais e os vocais estejam claros. Isso é feito em um painel horrível com visores, botões, knobs e luzes vermelhas. Eu simplesmente não conseguia imaginar Terry mixando. "Como é que aprendeu a mixar?"

"Eu aprendi porque *precisei*", disse, sombria. "Essa droga de álbum inteiro tem sido como arrancar dentes. Toda vez que tento pedir para que façam alguma coisa, tenho que fazer um escândalo para que saia da maneira certa. Eles iam até escolher as músicas!"

Depois da quarta conversa no telefone com um agente, Terry se levantou, foi até a sala de estar atravancada, pegou uma almofada e começou a socá-la repetidamente. "Tudo que tenho agora são homens de negócio com pelos no nariz", ela berrou quase como um rugido, "e tudo que eu queria era caras legais com bons modos!"

"Quem não quer?", perguntei. "Tenho três na ponta da língua que fariam tudo para conhecer você."

"Tem?", ela parou de socar a almofada.

"Sim, e vou dar uma festa na quinta; eles todos estarão lá."

"Ah. Eu não posso ir. Vão me levar para Cannes."

"Talvez...", sugeri, "você possa encontrar algo por lá."

"Durante o dia, dou entrevistas e a noite vamos a exibições", explicou. "E não tem caras bonitos com bons modos nesses lugares."

"Eles têm que dar uma de cúpido com as mulheres assim como fazem com os homens", disse. "Não é justo."

"Aaaaah, mas não é isso que quero. Eu não quero... Eu quero, tipo, romance. Mistério. Você sabe quem tem me ligado?"

Ela me deu o nome de diversos homens lindos, ricos e famosos que supostamente eram os solteirões mais cobiçados da área.

"Bom", disse, "o que tem de errado nisso?", ela tinha mesmo tudo.

"Eu sou apenas a carne nova que acabou de chegar. De qualquer forma, se eu quisesse um riquinho inútil, poderia ter ficado na Dakota do Norte. O cara que deixei para vir para cá tinha quarenta milhões de dólares. E ele era legal. E bonitinho também. Mas o que eu quero agora é um cara legal com bons modos...", ela fez uma pausa para refletir, "que saiba me chupar muito bem."

"Vamos ao Musso, tomar bloody marys", sugeri. "Ah!", ela se animou. "Sim. Vamos."

Os bloody marys no restaurante Musso & Frank's não encontram paralelo no pensamento ocidental e são capazes de curar qualquer coisa. As rodelas festivas de limão e pimenta moída na hora junto com suco de tomate se combinam e ganham cheiro de canela. Terry teve que encaracolar seu cabelo antes de sairmos porque agora ela não podia simplesmente sair de qualquer jeito, mas dentro de uma hora estávamos aconchegadas em um compartimento fresco e calmo com bancos de couro vermelho e divisórias de madeira maciça reluzindo em sua própria pátina. As pessoas ao redor pareciam se mover em câmera lenta, como figurantes em filmes quando querem dar a ilusão de pessoas ao fundo sem roubar atenção das estrelas. Pedimos sem culpa pratos de cafés da manhã: ovos mexidos e creme de espinafre. (Eu não me importo com a hora, eu *sempre* peço o creme de espinafre no Musso. É a noz-moscada.)

"Mmmm", falamos em uníssono, dando o primeiro gole do nosso segundo bloody mary.

"Algumas coisas nunca mudam", disse Terry, grata. Felizmente para ela, ainda dava para ir ao Musso sem que todo mundo caísse a seus pés, pedindo autógrafo. Ela não era *tão* famosa assim.

"Quer saber?", disse ela, apoiando seu queixo perfeito na palma da mão elegante, "Eu também odeio amigos que morrem."

"Quê?"

"Naquele texto que você escreveu. Faz pouco tempo que li, você fala daquele seu amigo que morreu de heroína. Eu tive uma amiga que teve uma overdose também. De heroína. Dois anos atrás."

"Ah, aquela história", respondi.

"Eu fiquei tão puta. Odiei tudo. Liguei para esse cara que eu conhecia e pedi a ele para levar um pouco lá em casa e injetei, assim, bem na bunda. Pensei, porra, cara! Ela está morta e eu nem sei por quê!"

"Mas você não pode", disse. "Além disso, é perigoso. Não é confiável."

"Ainda assim é bom."

"Você não continua usando, não é?", fiquei apavorada. Estava apenas começando a sentir algo por ela e descobri que ela podia estar se arruinando.

"Não. Eu parei um ano e meio atrás. Mas eu penso nisso. Especialmente nos últimos tempos. Toda hora."

Ter algo que mata a dor e que *também* é ilegal é tentador demais quando você, de repente, tem tudo menos o príncipe, ainda mais se você é americano. Se fosse legalizado e você pudesse simplesmente comprar, talvez as mulheres descobrissem que a heroína também não é o que elas precisam.

Naquele momento preciso, houve um segundo congelado. O rosto prateado e dourado de Terry parou no tempo, um tom sinistro se manifestou ao redor de sua boca enquanto ela se recordava; a nova sombra de olho violeta-avermelhada destacava o pezinho de bebê nas bochechas. A pele luminosa brilhava. Tudo estava silencioso, enquanto o rosto dessa heroína claramente revelava sua falha trágica.

Eu não sei como essa história termina. Estou meio que esperando que, por ser ambientada em Los Angeles, o processo habitual se reverta numa daquelas cambalhotas duplas de L.A. Uma mudança típica de L.A. Seria muito L.A. da parte de Terry decidir inventar o sucesso sem a dor e o medo: o pano queimado e as gardênias rançosas. Seria bom se, por alguma razão, ela decidisse derreter o poder letal da fama americana ao arranjar amigos antes de ser tarde demais e de não ter ninguém para conversar enquanto ela espera o príncipe. Sem ter mais nada a fazer, como Janis Joplin, além de matar o tempo.

SIROCO

Deus, que noite. Fiquei tão contente por você estar em casa, firme mesmo com toda aquela ventania, enquanto todo mundo rodopia pelas ruas como bolas de feno, tipo aquelas de filmes de faroeste. Eu me pergunto se você preferiria não ter estado lá, com o futuro despontando dentre o caos total diante de nós. E, nesse meio-tempo, a noite era velha e você, lindo.

Faz muito tempo, minha mãe e eu estávamos indo de carro para um casamento. Eu já tinha sido noiva tanto do noivo quanto do padrinho em algum momento da minha vida. Eu tinha vinte e três anos e era datilógrafa durante o dia e groupie aventureira perambulando pelo calor de Sunset Strip durante a noite. Terminei com os dois caras porque estava sem paciência com pores do sol ordinários; tinha certeza de que, em algum lugar, havia um carnaval grandioso acontecendo no céu e que eu estava perdendo. Mesmo assim, fiquei com um sentimento engraçado por ter deixado eles escaparem daquele jeito. "Me pergunto", disse à minha mãe, "se algum dia vou me casar."

"Bom, se acontecer", respondeu ela, "case com alguém que não incomode você."

O único conselho adicional que me deu sobre o assunto foi me dizer que, já que sou tão apaixonada por alho, era melhor que me casasse com um italiano. "Ou com alguém, querida, que goste de alho tanto quanto você."

Com o passar dos anos não só desisti da ideia de achar um italiano que não me incomodasse, como desisti também da ideia de achar *qualquer* um que não me incomodasse. Mas ainda tinha certeza de que existia um pôr do sol dourado e grandioso em algum lugar do céu.

Quando tinha vinte e oito anos, decidi me empenhar em tentativas sérias de entrar na vida adulta, e me joguei de cabeça em desventuras fatais que quase mataram os pobres homens porque tudo o que eu fazia era gastar o dinheiro deles, rebolar pela paisagem, chorar e dizer "eu *odeio* San Francisco". (As duas tentativas sérias tiveram muito a ver com San Francisco. Todos os meus enfrentamentos adultos com a realidade acontecem lá e sempre acontecerão.) Depois do meu segundo nocaute, coloquei tudo que tinha no porta-malas e dirigi para o sul, de volta a L.A., sabendo que nunca seria adulta como o esperado. Eu tinha quase trinta anos no final da tarde em que finalmente cheguei em casa, na minha cidade, e ao oeste tinha esse pôr do sol enorme, poluído e delicioso se projetando no ar. Minha irmã, que tinha vindo comigo, havia me contado algumas histórias incrivelmente sórdidas sobre a viagem que fez para o Havaí a bordo de um barquinho com pouco mais de dez metros que acabou demorando seis semanas em vez de três para cumprir o percurso, e como choveu todo santo dia. "Uma noite eu estava de vigia", disse ela, "estava bem claro por causa da lua e tinham essas ondas enormes passando, e de repente apareceu um tubarão-branco, tão grande quanto o barco, bem ao meu lado." (Em um mês ela esqueceu todo o lado ruim e agora relembra a jornada terrível com carinho.) Por mais imprudente e perigosa que tenha sido a viagem, não se compara ao homem que escolhi como parceiro adulto do sexo masculino — um escorpiano malvado do Texas que teria atirado em mim ao me ver, se não tivesse tão bêbado a ponto de não ver mais nada. Eu flertava com o desastre ao fazer insinuações maldosas sobre sua obsessão por Sam Peckinpah ("Você e Sam Peckinpah", rosnei, "tem ambos onze anos e meio de idade!"). Por alguma razão, contar nossas últimas aventuras fez com que minha irmã e eu déssemos tantas risadas que tivemos que parar o carro em acostamentos no meio da estrada. A alegria irradiava de meus olhos quando percebi que havíamos cruzado os limites da cidade de L.A. Meu Deus, pensei, casa.

Dirigindo em direção à minha casa, de costas para um pôr do sol como um enorme morcego laranja, a leste na Olympic Boulevard, durante a hora do rush, decidi que já tinha passado dos limites, que me contentaria apenas com o pôr do sol de Los Angeles e esqueceria a ideia de encontrar alguém que não me incomodasse.

Eu tinha uma coleção de amantes para me manter aquecida e amizades com mulheres, que sempre me fascinavam com seu humor, coragem e engenhosidade, e que nunca contavam a mesma história mais de uma vez. Agora, mulheres não me incomodavam. Quero dizer, dá para ir a lugares com uma mulher e retornar sã e salva (ou como minha agente, Erica, dizia sem rodeios: "Você sabe que quando sai para jantar com uma amiga, vai voltar para casa como um ser humano completo"). Eu tinha ainda uma terceira coleção de associados que eram homens, mas não amantes. "Apenas amigos", como os chamo. Uma distinção puramente americana se é que isso existe. Só *a gente* diria "apenas" em relação a um amigo. Meus "apenas amigos" eram mais confiáveis do que a maioria dos meus "apenas amantes", pois "apenas amantes" eram sempre capazes de dizer "Nossa, você engordou" ou "Você vai usar *esses* sapatos?".

Por mais de um ano, William foi meu "apenas amigo" mais próximo. Ele morava a menos de um quilômetro de mim e trabalhava como escritor freelance, então nós dois éramos convidados para o mesmo tipo de coisa em que era esperado aparecer com um membro apresentável do sexo oposto. (Terry Finch e eu temos nos rebelado contra essa regra ultimamente, e quando eles a convidam para algum evento social e falam para trazer "alguém", ela me leva.) Desde minha decisão, no Olympic Boulevard, de desistir de encontrar alguém que não me incomode, tenho aceitado com mais resignação eventos sem graça, ou a sair com um "apenas amigo". Antes, eu ia a todo lugar sozinha.

Estar em lugares sozinha faz pensar. Estar com alguém faz você se sentir perseguida pelos detalhes, como o horário em que a pessoa quer ir embora; detalhes que drenam sua energia enquanto você está tentando descobrir o real sentido de um evento. Estar lá com William eliminava possibilidades gloriosas. Mas eu havia desistido delas, e era por isso, suponho, que ia a tantos lugares com William.

Juntos, cobrimos a gama completa de eventos tipo-L.A.; fomos a festas de lançamentos exclusivos, apresentações em museus, aberturas de galerias, jantares, exibições de filmes, e até a lugares que não precisávamos ir juntos, como sair para jantar. Era uma letargia desapaixonada que me prendia a ele.

Eu me sentia cada vez menos afetada pelo compromisso que havia feito e logo ele passou a ser parte da vida real.

Seria muito mais minha cara ir caçar no Tana's, onde amantes em potencial dizem *"E aí o que é que você fez no cabelo?"*. O Tana's é o lugar onde todo mundo se paquera e come alho. (É estranho ter uma mãe que está correta até nos detalhes mais específicos.) O Tana's, com suas encantadoras toalhas de mesa vermelhas e brancas, as saladas de espinafre, e as esperas bêbadas e infindáveis por uma mesa vazia. O Tana's é para onde eu deveria ter ido. Sozinha.

Parecia que todos os meus amantes só precisavam sussurrar *"Eu tenho um voo para pegar pela manhã..."* que eu já era deles. Às vezes eles ficavam longe por meses e William e eu podíamos mergulhar cada vez mais em nossa encenação. Algumas vezes todos os meus amantes desciam do céu ao mesmo tempo, e William ficava emburrado por eu ter esquecido que tínhamos sido convidados para ir a algum lugar. Eu o abandonava por conta dos meus "apenas amantes" do jeito que Gloria Steinem diz que mulheres não devem abandonar outras mulheres só porque um homem apareceu.

William também tinha amantes, muitas, e às vezes ele sumia por uma semana ou duas em paraísos românticos que me faziam sacudir a cabeça em discordância. Como é que ele ainda acreditava em tudo aquilo, costumava perguntar a ele.

No começo, quando viramos "apenas amigos", William me encarava com um olhar pensativo, esperando eu ficar louca ou bêbada o bastante para ir para a cama com ele. Mas eu nunca ficava tão bêbada ou tão louca assim, e ele finalmente deixou de lado os sonhos românticos que me envolviam, do mesmo jeito que abandonei os meus naquela tarde que voltei de San Francisco pela última vez. A última vez.

E tudo deveria ter ficado assim, também, se não tivesse sido pelo siroco, embora eu odeie botar a culpa das coisas no clima.

Era uma daquelas noites em que os ventos de Santa Ana sopravam com tanta força que os holofotes no céu eram a única coisa que andava certinho, em linha reta. Desde bem nova, os ventos de Santa Ana me alegram. Minha irmã e eu costumávamos correr para fora de casa e dançar embaixo das estrelas no gramado fresco da frente e rir igual maníacas e cantar "Hitch-hike, hitch-hike, give us a ride", imaginando que poderíamos ser levadas para o céu em vassouras. Tanto Raymond Chandler quanto Joan Didion consideram os ventos de Santa Ana um mal poderoso, e eu entendo o que querem dizer, porque já vi pessoas desmaiando com enxaqueca e enlouquecendo. Toda vez que *eu* percebo que está chegando, visto meu espírito dançante.

Uma vez, quando tinha quinze anos, caminhei uma tarde inteira no cimento vazio sob quarenta e três graus de ventos secos e quentes só para senti-los, sozinha. O resto das pessoas se escondia em casa.

Conheço esse tipo de vento como os esquimós conhecem a neve.

William e eu estávamos juntos como sempre, na abertura de uma nova boate chamada Blue Champagne. A confusão e o rodopiar da ventania me deixavam animada. Nada consegue me manter comportada quando tudo está batendo freneticamente. Estavam tentando entregar uma inauguração digna com atendentes de estacionamento em casacos vermelhos e nada ficava certinho ou em linha reta, com a exceção, claro, dos desenhos dos holofotes em zigue-zague no céu.

Nós esbarramos em um dos meus amantes descartados, Jack, que estava tentando me ignorar, mas aí o chapéu de sua namorada voou pela entrada e eu consegui pegá-lo, então ele foi obrigado a demonstrar gratidão. A namorada sugeriu que todos nós nos sentássemos juntos. Ela estava completamente fora da moda, pensei; as roupas tinham muito a cara dela. Ela se apresentou como Isabella Farfalla e me deu um aperto de mãos. Jack entrou atrás dela, desejando que não fôssemos todos nos sentar juntos.

O champanhe (que não era blue) era de graça, e acabamos tomando quatro garrafas. Eu também, pelo que parece, acabei dando uns amassos entusiasmados em Isabella Farfalla.

"Ah, *não*", reclamei com William, que me telefonou pela manhã para esfregar aquilo na minha cara. "Eu pensei que tinha sido sonho!"

"Essa é a segunda vez que você rouba o Jack...", disse William, entretido.

"Quê?"

"Shawn não estava saindo com ele quando...", lembrou.

E aí, é claro, me lembrei de quando Jack tivera essa paixonite louca por um jovem bonito, elegante, mas ambivalente chamado Shawn. Shawn agregava todo tipo de amor e era atraído por aquilo que ardesse mais forte, o que em geral sou eu. Então, não apenas eu tinha abandonado Jack, mas tinha roubado dele aquele que teria sido sua primeira opção: Shawn. O romance com Shawn foi fraco desde o começo e sumiu sem deixar vestígios quando ele foi passar um mês em casa, em Charleston. Enfim, ele tinha sido "apenas um amante", então eu mal percebi. De qualquer maneira, eu pensava que a galera com a qual Jack se encontrava era fútil, porque ninguém tinha um estilo próprio: dirigiam Porsches, eram magricelos, cheiravam cocaína e nem sequer estavam na indústria cinematográfica — todos atuavam em situações periféricas, como publicidade e revistas. Muitos eram diretores de arte. (O único diretor de arte bom era um diretor de arte aposentado.)

"Vocês duas estavam muito bonitas", William suspirou referindo-se a Isabella e eu, "se beijando daquela maneira."

"Bom. Ao menos estávamos bonitas", disse. "*Agora* o que eu faço?"

"Talvez você realmente prefira mesmo mulheres", sugeriu. "Talvez tenha sido isso todo esse tempo."

"Mas o que é que se *faz* com mulheres?", perguntei, imaginando ao mesmo tempo exatamente o que se faz. "Deve ter sido o Santa Ana."

"Você nunca *me* beijou assim", retrucou ele.

Quer saber? Quando você se dá um tempo para pensar, é assombroso que mulheres tenham qualquer coisa com homens, e nada surpreendente que homens tenham criado todo tipo de esquema para atar as mulheres a eles, como não dar a elas nenhum dinheiro. Se você tivesse a escolha de dormir com uma criatura linda e macia ou uma grande e dura, qual você escolheria? Quero dizer, se as duas dispusessem da mesma grana?

* * *

Isabella Farfalla, no final das contas, era uma ave de rapina que atacava mulheres desprevenidas (quem iria imaginar?), e, antes que se dessem por si, estavam onde eu estava, se perguntando, pela manhã, o que havia acontecido. Ela não, disse a mim mesma, ela pode ser perigosa.

Uma semana depois a vi em uma festa, os pequenos olhos negros observando uma menina de dezenove anos no outro lado do salão, esperando o momento em que a garota já tivesse consumido um pouco de álcool demais.

Isabella Farfalla era de Perugia e ganhava a vida em Hollywood tirando fotos de estrelas de cinema para uma agência de notícias europeia. Ela estava entediada com a decadência antiga de seu próprio país e se mudou para L.A. porque tudo parecia tão novo. Mas Isabella era uma força devastadora que se entediava com a cadência e que agitava as coisas só porque era de sua natureza injetar caos naquilo que já havia se ossificado. Ela era como os ventos de Santa Ana, e se não tivesse me beijado, William e eu provavelmente ainda estaríamos indo a museus juntos. Mumificados.

Por um mês após aquela noite, o clima andou sem graça e deprimente, se arrastando com a força de dias que chegavam aos vinte e três graus e noites que desciam aos quinze graus. O Meio-oeste tinha sido atingido por nevascas, o Sul por furacões, e o Leste por invernos precoces.

William e eu entramos na temporada do inverno com roupas de verão. Fomos a mais festas de arte e cheiramos muita cocaína; cocaína sendo a droga do divórcio e outubro sendo o mês do divórcio, porque as pessoas querem acabar com tudo antes das festas de fim de ano.

Mas as coisas tinham mudado entre William e eu. Regrediram. Ele passou a me olhar com ares de paixão renovada e eu o pegava me encarando do lado oposto de um salão cheio. O estranho é que as mulheres o achavam sexy de verdade. Para agradá-lo, me compravam presentes.

"Para que isso?", perguntei quando a primeira mulher me presenteou envergonhada com uma cigarreira vintage, depois de ter dormido com William.

"Eu só achei que você poderia... gostar", falou.

Eu olhei William, sua postura elegante, meio cossaco, uma aparência nua impossível de imaginar ao meu lado. Não era sua aparência o que tornava aquilo impossível. Era o que ele dizia. Era seu senso de humor. Ele não *resistia* a um trocadilho. E qualquer homem que não resiste a um trocadilho nunca vai trocar nada comigo numa cama. William carecia de algum negócio muito essencial que tornava a paixão impossível, mas ele ainda me olhava e eu o flagrava nas sombras, encarando, enquanto uma sorridente magricela seguia o seu olhar e desistia ou decidia "entender" e me dar outro presente.

Eu tinha uma caixa cheia de rosas de seda, cigarreiras, contas de cristal e brincos no início de outubro, quando o segundo Santa Ana atacou.

Era domingo e o Santa Ana estava à solta desde a noite anterior. Estava tão seco que a buganvília, se colhida, ficaria embalsamada no calor e duraria para sempre como as flores de papel japonesas. Day Tully, a garota mais bonita do mundo, tinha me telefonado com a vaga esperança de que eu soubesse de algo que levantaria seu ânimo — não conseguia ler, reclamou; passara a manhã inteira em uma banheira gelada, e o que as pessoas *fazem* por aqui (ela era de Seattle) quando ficava desse jeito? "Venha até aqui", sugeri.

Mesmo seca pelo vento, Day Tully tinha o rosto pragmático de uma garota de um calendário de 1948 para fazendeiros. Ela era a personificação dos Estados-Unidos-de-céus-intermináveis, razão pela qual nossos garotos morreram com orgulho durante a guerra. Ela era uma atriz e, como todas as atrizes, só era real quando estava fingindo. Um de seus fingimentos prediletos era o papel da jovem atriz inteligente interessada em todas as artes, mas especialmente na escrita. Na realidade, ela nunca chegou a ler *Orgulho e preconceito* ou *Ardil-22*.

Ela me olhava com adoração deslumbrada de menino lançado nas areias de um amor incurável. Porque eu era escritora, disse. Seu cabelo castanho arrepiava com eletricidade no ar e ela tentava mantê-lo amarrado para trás com um prendedor azul, mas ele não ficava no lugar.

"Vamos andar até a casa de William", disse. "Eu gosto de andar quando está assim."

"Ok", respondeu, "mas ouvi dizer que esse vento transforma as pessoas em maníacas."

William ficou feliz de nos ver já que ficava todo dispersivo durante a ventania e não conseguia se concentrar. Ele nos serviu três copinhos verdes com shots de vodca geladíssima e brindamos antes de beber. Antes de virar o copo, Day nos explicou que não era muito de beber, mas William e eu éramos, então não íamos deixar ela passar por essa ilesa.

Provavelmente foi quando eu a ajudei com o prendedor azul... Enfim, William depois jurou que fui a primeira a atacar. O que não faria sentido se fosse Isabella, que é alguém que sempre sabe o que está fazendo, mas naquele momento eu incitava com muita classe algo entre Day, William e eu mesma. Paixão vinda do tédio e da vodca que corria nas minhas veias, paixão e curiosidade atiçada nos derrubaram, Santa An-ados, deitados na cama de William. Só que William, não. Eu não deixaria William me tocar, e nós dois quase partimos a coitada da Day ao meio.

Se William não poderia me ter, então pelo menos ele teria o que eu queria, porque, no final do dia, Day, como aquelas outras mulheres, se apaixonou de verdade por ele. Até o final da tarde, ela estava caidinha.

Nós ficamos na frente do apartamento de William no calor do crepúsculo e Day implorou bêbada para que eu fosse com "a gente". Ela e William de repente viraram "a gente", e tive uma visão nojenta de William finalmente conhecendo alguém que escutaria sua poesia e acharia que ele era um ótimo escritor. Estava tão bêbada que disse, "William é um escritor *burro*! Ele não é... interessante."

Deixei-os na frente do apartamento de William, tomada de confusão e determinada a *fazer* algo. Falar com alguém. A única pessoa que sabia dessas coisas era Shawn, que, graças a Deus, estava em casa, receptivo e sempre sóbrio.

Ele escutava Chopin e adicionava fluido em um de seus isqueiros, que parecia pesar cinco quilos e era feito de bronze. Tinha duas figuras valsando, um homem e uma mulher, pois também era uma caixa de música, não apenas um isqueiro.

Ele vestia um quimono de seda prateada que deve ter vindo de Charleston porque com certeza não era de L.A., e todas as janelas estavam abertas, o que deixava entrar uma leve brisa no quarto. Ele era lindo.

Há uma lenda em Hollywood na qual contam que Shawn teve seu coração partido em Charleston por um milionário charmoso e mais velho chamado Mark, que, de repente, depois de oito anos de pura felicidade, decidiu agarrar todos os garotos do mundo. Menos Shawn. Shawn havia deixado seu Mercedes, o casaco forrado de vison, os quartos prateados em Charleston e veio para Hollywood sem família, sem indicações e sem experiência, apenas charme e determinação de agradar a qualquer custo. O curioso sobre Shawn era que ele realmente não me incomodava. Eu não me incomodava com sua vida destruída ou com suas borlas de prata fora de moda ou com Mark. Eu contei a ele minha versão daquela tarde e finalizei com um: "Como ela *pôde*, Shawn, ficar com o William quando *eu* queria ficar com ela?"

"Você provavelmente a deixou apavorada", ele apontou. "Você faz isso muito, sabe?"

"Mas o William...?"

"Às vezes quando você não pode ter o que quer, você fica com o que a pessoa que você quer, quer." Ele assoprou no pavio do isqueiro e colocou os dançarinos para cima, agora polidos. "Eu não sei como você consegue passar tanto tempo com William, de qualquer forma, ele é tão tolo."

"Ah", eu disse automaticamente, "somos 'apenas amigos'."

Depois daquela noite, porém, esses "apenas amigos" masculinos se dissolveram. William e Day tentaram me incluir no seu romance; Day tentou um pouco mais, mas eu já tinha cigarreiras suficientes para alguém que nem fuma.

Isabella foi passar uma temporada na Itália e, quando retornou, eu e Shawn trombamos com ela várias vezes. Dominada por uma curiosidade nua e crua, ela veio até meu apartamento uma tarde e me perguntou por que eu tinha terminado com um homem de verdade como William e era vista em todo lugar com alguém tão obviamente gay quanto Shawn, e se eu não sentia falta do sexo, ou algo assim?

"Ele não é gay", expliquei, "além disso, nós nos divertimos."

"Eu não entendo", ela insistiu. "As pessoas estão realmente se perguntando sobre vocês dois estarem juntos o tempo todo."

"Deus, as pessoas...", disse eu.

O negócio é que quando estou com Shawn não me *importo* se tem algum carnaval grandioso no céu que eu possa estar perdendo. Imagine só, se não tivéssemos o vento de Santa Ana, como seríamos todos certinhos. Como as luzes daqueles holofotes na porta do Blue Champagne.

CHUVA

Quando você sente que não aguenta mais um segundo, que preferiria viver na Sibéria a passar por mais um período sinistro de dias de estacionamentos e poluição do ar — a ponto de *até* reconsiderar a possibilidade de San Francisco, onde a vista da baía estará sempre lá em constante testemunho do seu bom senso adulto — quando tudo isso acontece, *mesmo assim* não chove.

Se ao menos chovesse — simplesmente chovesse. Toda manhã Shawn encara o teto, e a cor de seu quarto é exatamente a de Charleston em uma manhã de chuva.

"Tá chovendo?", perguntava.

"Ah, claro que não", eu diria, e, estando mais perto da janela, via o letreiro de Hollywood em alto-relevo, prevendo calor intenso. "Não só não está chovendo", respondo, "como também acho que vai chegar a trinta e dois graus de novo."

"Trinta e dois?". Isso o animava. Ele adora calor.

Mas não me animava.

Chuva é liberdade; sempre foi assim em L.A. É liberdade da poluição e da mesmice chata e odiosa, é liberdade de olhar pela janela e pensar em Londres e violetinhas, em Paris e ruas de paralelepípedos. É ter liberdade para se aconchegar. Aconchegar! Você pode se aconchegar e nem precisa ir a San Francisco.

Minha chuva predileta de todas foi em Roma, onde veio com uma umidade comprometedora e deixou Tudo Molhado. De dentro do quarto da *pensione*, que era provavelmente em um belo castelo renascentista, você pensava, meu Deus, por séculos essas pessoas têm se arrastado por esses cômodos gigantes no frio, com pisos de mármore gelado e sem lareiras, se perguntando o que teria para o jantar. E italianos, percebi, nunca bebem da mesma maneira que a gente. Eles jogam bridge. Então outras nações mais severas falam "Itália ensolarada" e "Italianos são tão infantis", quando na verdade não é ensolarado e é um jogo de cara ou coroa para saber quem é mais infantil, os alemães, cantando em alemão em bares se abraçando, ou os italianos, jogando bridge, fofocando e perguntando o que vai ter para jantar. Passei seis meses na Itália e choveu por cinco deles e ah! foi como o paraíso.

A chuva no México, aquela chuva de floresta tropical com cores espalhafatosas e cítricas e a ideia de que se você pegar uma pereba, os tentáculos de plantas carnívoras vão te devorar até a morte — essa chuva do México, eu preciso pensar duas vezes sobre ela. Tentei amar todo tipo de chuva, mas não tenho certeza quanto a chuva tropical. Os trópicos não são para mim. Pássaros com plumagens flamejantes e frutas de miolo rosa-neon debaixo de chuva — aposto que se tivesse que aguentar dois dias inteiros disso perderia a cabeça assim como aconteceu com aquele missionário por causa de Sadie Thompson. Eu preferia ser Sadie Thompson e acabar logo com isso, mas tenho medo de a chuva quente me transformar em uma calvinista, com motivações profundas e óbvias, e uma Bíblia devorada por vermes e carcomida pela selva como razão da ruína do meu cérebro.

A manhã após o siroco, quando acabei na casa de Shawn, depois de deixar que William e Day vivessem seu felizes para sempre, L.A. mais uma vez se encontrava sob um céu de chumbo. Pássaros pairavam imóveis, a meio caminho entre o destino e o lar. Camas permaneceram desfeitas; ninguém conseguia arrumar lençóis com o "clima de terremoto" bafejando na nuca.

Eu encontrei com minha irmã para almoçar no Ports, mas a letargia era tão universal que nenhuma de nós conseguia decidir o que queria ou sequer se estava com fome. Pedimos duas garrafas da água mineral mexicana chamada Agua Tehuacan. Vem em garrafas de vidro transparente com um rótulo prateado mostrando uma paisagem úmida, algumas palmeiras alaranjadas e em verde-tijuana, uma baía prateada, uma moldura prateada em volta de tudo. O Ports serve essa água mineral em taças de conhaque com muito gelo e uma rodela de limão. A garrafa é deixada à esquerda do copo para satisfazer desejos visuais, que eram, no final das contas, os únicos em evidência. Nós não estávamos com fome e não pedimos mais nada. Dentro do Ports dava para esquecer um monte de coisas; tinha a atmosfera de um posto avançado colonial. Mas lá fora a tarde estava de morte: nenhum óculos escuros era capaz de proteger as retinas, e até os poros se retraíam com toda aquela luz.

Quando cheguei em casa, uma amiga de Nova York telefonou.

"Qual é o problema?", perguntou ela.

"O clima", respondi.

"O clima! Está de brincadeira? Faz duas semanas que está chovendo por aqui e você vem me falar do clima. Eu leio os jornais — está maravilhoso na Califórnia. Que clima?"

"A luz!", expliquei.

"Deus, vocês daí são realmente uó", ela retruca. "A *luz*!"

Lá fora, as ruas estavam sufocadas sob a pressão estagnada. Humanos se moviam para lá e para cá com uma imprudência engraçada e não dava para dirigir por uma rua residencial sem que alguém desse ré direto de sua garagem como se o resto do mundo estivesse deserto.

No final de semana depois da noite que acabei na casa de Shawn, nós dirigimos até Laguna e ficamos com alguns amigos dele. Voltando pela rodovia no domingo à noite, era quase como se nosso final de semana não tivesse existido: Shawn perdeu a cabeça (nem sabia que ele tinha uma) no trânsito e todo o caminho de volta no carro ele ficou falando para mim como Mark era ótimo, como era charmoso e esplêndido.

Eu me perguntei por que ele havia escolhido aquele momento para falar de Mark, pois o movimento tranquilo do oceano poderia ainda estar nos acariciando se Shawn tivesse calado a boca. Mas agora, de repente, ele estava bravo com o trânsito e com praticamente tudo.

Há muito tempo, eu costumava falar sobre Graham com meus amantes, como se quisesse manter a verdade entre nós, e supus que era isso que Shawn estava fazendo, para não esquecermos que a realidade se mantinha com Mark e não com o que eu e Shawn tínhamos sido capazes de criar — a paz. A paz, ao que parecia, não contava. O que contava era Mark e suas festas intermináveis, os jantares espetaculares, os jatinhos particulares e o dinheiro de família. O coitado de Shawn é um tolo, pensei com meus botões, lembrando o olhar de êxtase perfeito que aparece nele toda vez que vê o oceano. O coitado acha que gosta de quartos prateados e aventuras sulistas homossexuais quando na realidade ele gosta de se deitar na areia.

"Quer saber?", Shawn estava dizendo, "Se você fosse para Charleston, Mark daria uma festa enorme para você."

"Eu não gosto de festas enormes", disse. "Gosto de me deitar com você." Para mim, parecia que Shawn estava mais e mais possuído pelo Anjo do Sexo. Ele estava se aproximando do meu ideal em tempo recorde e até Graham começava se apagar em comparação.

O engraçado é que sempre acreditei que obras-primas do sexo eram as melhores. Melhor que Bach, que o Empire State ou Marcel Proust. Eu acredito que a maioria das pessoas coloca noventa e oito por cento de sua energia criativa na tentativa de encenar cenas de amor maravilhosas. Eu acredito que adultério é uma forma de arte. Na França, eles mais ou menos colocam as cartas na mesa e engrandecem os casos amorosos pelas aventuras criativas que são, porque para a maioria das pessoas, essas são as *únicas* aventuras criativas que elas terão. A *única* chance que terão de conhecer o paraíso.

"Quer saber?", disse Shawn, "Durante os últimos dois anos que estive com Mark, eu parei de dormir com ele."

"Por quê?"

"Porque sim", disse ele. O trânsito do centro estava confuso.

"Foi porque ele começou a rotina com os jovenzinhos?", perguntei.

"Não. Era coisa minha. Eu simplesmente não queria mais...", disse. "Mark queria que comprássemos esse casarão velho e convidássemos todas as bichas da região sul para jantar lá em casa."

"Bom...", disse. "Mas *por que* não dormia mais com ele?"

"Eu apenas... não dormia", respondeu. "Aliás, pelo último ano e meio, desde aquela primeira vez com você, tenho pensado que a parte do sexo em minha vida acabou."

"Para sempre?", questionei. (E *eu*?!)

"Com a exceção de você", disse ele. "Eu nunca mais senti a vontade de estar com mais ninguém."

"Bom", comentei, "qualquer idiota pode querer dormir *comigo*. Quer dizer, olha para mim, a única coisa que alguém *pode* pensar sobre mim é sexo."

A verdade é que quando se é tão voluptuosa e sem laquê quanto eu, você é obrigada a se cobrir com uma bata muito larga e amassada para andar até a esquina e postar uma carta. Os homens dão uma olhada e começam a calcular como podem se livrar dos obstáculos até você e onde estaria a cama mais próxima. Tudo isso acontece apesar dos meus sérios defeitos e imperfeições, apesar de estar gorda demais e todo o resto do mundo estar na medida certa. A razão disso é que minha pele é tão saudável que irradia as próprias leis morais; as pessoas apenas não resistem à atração de algo que exala pura saúde. Quem quer que esteja no comando de tudo não quer que a sobrevivência do mais apto venha apenas de guerra e fome; quem quer que esteja no comando também fez com que as pessoas naturalmente optassem pela saúde. (Aliás, sem rouge eu não sou ninguém. É o chamado "Shading Rouge", só vem em uma cor, é da Evelyn Marshall e faz com que quase todo mundo pareça ter acabado de sair de uma pintura inglesa de cem anos atrás.) Eu também tenho dentes quase perfeitos, o que acredito ser o verdadeiro segredo. Dentes bonitos, mesmo mostrados em um rosto com marcas de varíola, equivale à sobrevivência da espécie. Eu sei que você nunca pensa em bons ossos pulsando por aí com cálcio limpo e saudável, mas uma conclusão subconsciente deve ser desencadeada quando se observa dentes bonitos. Você não precisa ser gênio para entender isso. Nem mesmo Shawn podia resistir.

"Eu sei bem como os homens olham para você", retrucou Shawn. "Alguns deles olham para mim da mesma maneira."

"*Eu* olho para você dessa maneira", disse. "Embora tente não parecer tão imbecil."

Na primeira vez que vi Shawn sem roupa, eu me senti tão estarrecida quanto Acteon se deparando com Diana nua na floresta, se banhando. Ele era bonito assim. Eu não fui tomada de assombro meramente por ele ser um deus grego que não se deveria ver nu, eu fiquei impressionada porque ele *parecia* um deus grego. E não só na simples perfeição clássica que deixa o espectador indiferente às maravilhas do corpo humano, mas que desperta um desejo pela realidade de uma piscada de Clark Gable. Shawn, quando tirou as roupas pela primeira vez na minha frente e eu o vi parado ali, *ali* — no meu próprio quarto, meu próprio São Sebastião — me fez suspirar e dizer, "Jesus Cristo, Shawn, veja só como você é lindo!". Ele era tão gracioso sob pressão de uma maneira que eu nunca fui quando homens me disseram coisas semelhantes. Depois me perguntei por que eu ficava tão irritada com homens que diziam coisas bobas quando viam algo que achavam ser lindo.

Mas agora não chovia há tanto tempo que entrar em L.A. naquele trânsito denso como areia movediça fazia com que toda a água esverdeada de Laguna desaparecesse em uma névoa poluída de areia movediça. Laguna com sua baía esmeralda poderia ter sido um fragmento de um sonho que satisfazia toda sede de paraíso. Shawn não parava de falar sobre Mark, e era problemático demais desenterrar histórias sobre Graham como uma lição sutil, porém direta, porque Shawn nunca entendia nada de sútil. Nenhum homem entende. Pelo menos, não comigo.

Essa nuvem, eu rezei, simplesmente *tem* que possuir algum lado positivo.

O lado positivo foi a chuva. Uma chuva repentina, esquisita, que caiu de uma só vez no meio da quinta-feira seguinte, desaparecendo cinco minutos depois ao perceber sua mancada. Nenhuma nuvem, vinte e três graus, nenhum motivo, mas choveu. Choveu no asfalto quente e oleoso e deixou cheiro de chuva. Choveu e lavou o cinza da paisagem, simples assim, com um flash para o lado errado.

O vasto horizonte azul apareceu sobre nós como uma lente zoom embriagada e voltou ao foco com um estrondo.

Parecia que Deus tinha decidido mudar o cenário sem avisar ninguém.

Los Angeles recebeu grandes feixes de luz solar pura e amarela surgindo através de janelas de escritórios. Narcisos vieram aos pensamentos. Violetas.

Dava para escolher qualquer direção e ver o quanto quisesse. Ir para além da Catalina e ir do oeste até o outro lado, no leste. Em uma paulada rápida de trovoadas equivocadas, o visual do sul da Califórnia tinha sido transformado milagrosamente e eu nunca tinha visto nem ouvido falar de algo parecido.

Percebia-se a alegria insana em motoristas de ônibus, chefes de estúdio, piscineiros, caixas de supermercado e locutores de rádio. "Chuva!", clamavam, e imediatamente meteorologistas eram contatados para prever mais chuva. Chuva do México, chuva do Vale de San Joaquin, chuva de uma tempestade no Pacífico, chuva vindo de Oregon. Chuva convergente — estamos *fadados* a ter mais chuva.

"Você viu, choveu!", todo mundo se dizia, sem fôlego e em vozes suaves como se tivessem apaixonados.

O Ports reage estranhamente à chuva. Quando o Ports abriu, a primeira vez que fui lá, estava chovendo e eu me apaixonei pelo lugar. O nome, a comida estranha, a sala privativa escondida com uma biblioteca peculiar cheia de Max Beerbohm e Ford Madox Ford, tudo isso era a cara do *meu* restaurante. O meu próprio. Era confortável e exclusivo de uma maneira muito metida à Inglaterra colonial tipo dê-uma-surra-nos-indígenas-se-pegá-los-roubando mas trate-a-lealdade-com-uma-bondade-prodigiosa. Eu pensei comigo mesma, eu *tenho* que entrar *nesse* filme.

Olivia e Frank, o casal de proprietários, tinham aberto o restaurante porque, segundo Frank, "Nós queremos que isso seja um café para trabalhadores." Os "trabalhadores", no entanto, deram uma única olhada ali e se perguntaram o que tinha acontecido a Ernie, o cara que tinha sido o dono de uma cervejaria naquele lugar. De qualquer forma, Frank basicamente odeia "trabalhadores" — dentro de um mês ele rosnava para um de seus garçons, "Como ousa entrar um salão de jantar formal com o paletó desabotoado; você está demitido!". Mas, naquele primeiro dia, Frank estava na cozinha, como chef. Olivia precisava ser a garçonete, o que a transformou em um beija-flor com terminações nervosas expostas — ela derrubava tudo. Só de assistir, você ficava histérico, então me ofereci para servir o vinho e, quando dei por mim, acabei trabalhando como garçonete por três meses de graça.

Eu amava isso mais do que qualquer coisa que havia feito antes ou depois porque dentro de toda mulher existe uma garçonete. O ato de servir é um consolo, tem tudo o que você poderia pedir — confusão, pânico, humildade e comida.

Foi naqueles primeiros tempos, quando Lois Dwan escreveu uma nota sobre o Ports no *Los Angeles Times*, que percebi que a chuva lotava o lugar. As pessoas não aceitavam um não como resposta. Abriam a porta e viam todos aqueles corpos amontoados como no metrô das seis da tarde, mas não! — elas estavam determinadas, não ligavam, estava chovendo lá fora, e o único lugar para estar quando chovia era o Ports, e era simples assim. Em Los Angeles, a chuva é uma ocasião tão especial que, para saboreá-la ao máximo, você tem que combiná-la com o lugar louco certo.

Naqueles tempos, o Ports só abria para o almoço. Eu chegava às onze e meia e Olivia e eu nos aconchegávamos com café esperando a enxurrada e trocando Valium. Por volta das três da tarde, cumpríamos um ritual de desculpas a Frank, comíamos nosso almoço, e nos perguntávamos se um produtor enfurecido voltaria algum dia depois de esperar uma hora e meia por um copo de leite e uma salada de frango. "Bom", Olivia dizia com um desprezo nervoso, "pedir um copo de leite! Sério!"

"Está chovendo!", telefonei para Shawn. "Vamos ao Ports hoje à noite."

"Chovendo?!" Ele parecia estar dormindo. "Eu fiquei editando slides o dia todo. Está chovendo mesmo?"

"Está!", disse. "Vamos *fazer* algo!"

"Sim, mas o Ports...", disse ele. Shawn uma vez se ofereceu para ser garçom no Ports e isso quase o matou; o seu sistema nervoso central é incapaz de lidar com loucura sem estrutura. Cuidar de trezentos figurantes era fichinha para Shawn depois de trabalhar noites no Ports.

Quando abriram o Ports à noite, o lugar realmente encenou alguns atos de magia marcantes: dramas tipo Ibsen e grandes farsas, mas nunca se sabia quando aconteceriam e às vezes se sobrepunham. A tensão romântica era uma das principais pulsações subjacentes do Ports à noite. Eu pensei que ir lá com Shawn na chuva seria a oportunidade perfeita para uma arte sublime, se você, como eu, acredita que sexo é arte.

"Bom...", disse ele. "Ok. Vamos ao Ports."

"Eu passo aí", falei. "Tenho algo para você."

Garoou a tarde inteira e estava começando a cair uma chuva mais forte naquela noite quando dirigi até Shawn em uma bolha eufórica de expectativas úmidas. Os outros carros em Santa Monica estavam cautelosos, pois quando a água atinge as ruas pela primeira vez em milênios, todo o óleo é dissolvido e os avisos de rádio sobre derrapagens na estrada e engavetamentos e morte eram a segunda coisa da qual falam, uma vez que se estabelece que está chovendo.

Eu tinha dois Quaaludes, a droga predileta de Shawn. É a única substância que experimentei e correspondia à reputação de afrodisíaco. Shawn os chama de "quackers". Combinavam com a chuva.

Os Quaaludes foram ingeridos com prudência (esse é exatamente o problema: assim que as pessoas descobrem que, por Deus, isso é um afrodisíaco que *funciona* de verdade, elas começam a engoli-los aos montes. O Quaalude reverte os movimentos peristálticos e você acaba se engasgando no próprio vômito como Jimi Hendrix, porque esse negócio deixa o corpo relaxado *demais* e você não quer ficar *tão* relaxado assim)... Bem, Quaaludes ingeridos com prudência são simplesmente maravilhosos para aquela preguiça de domingo, ou até, se você tomar apenas um quarto de comprimido, para uma noitada. Você acaba dançando e se divertindo para caramba de uma maneira muito descontraída, tão descontraída que você se esquece de beber, e na manhã seguinte acorda e descobre que perdeu alguns quilos e fez um pouco de exercício. Eu poderia passar horas falando sobre Quaaludes, mas os profissionais da medicina provavelmente ficariam ofendidinhos, considerando que várias de suas pacientes mulheres se viciaram, antes que o Food and Drug Administration conseguisse entender que um monte de acidentes de carro pareciam envolver uns quarenta desses comprimidos achados na bolsa das motoristas. Eles são perigosos. Mas são feitos para o sexo, e sexo é a nossa arte.

Quaaludes fazem outras coisas. Fazem você abrir o bico, sem nenhuma reserva, e falar tudo (como a vez que contei a Shawn sobre como, quando tinha quatro anos, tentei botar fogo na minha irmã). E eles são afrodisíacos de contato, diferente de outros hipnóticos. Quando *você* fica muito lânguido e sexual e sorri como Cleópatra sendo abanada enquanto flutua pelo Nilo, outras pessoas captam o clima e acabam se desviando do caminho estreito e reto.

Com Shawn e eu como casal, frequentando a sociedade com um quarto de um Quaalude cada, desenvolve-se um tipo de atração irresistível. As pessoas nos puxam para o lado e dizem coisas como "Vocês dois têm o segredo da vida." Ou olham para a gente com carinho e dizem, "Vocês realmente sabem como amar." Paixão ornada com química.

Na noite do siroco forte, quando cheguei na porta de Shawn, desarrumada e miserável, minha sanidade por um fio e sem poder contar com meu "apenas amigo" William, Shawn me pôs em sua cama coberta por seu quimono de seda leve e falou para eu não me preocupar, que havia coisas mais esquisitas do que eu e Day e William. Era por isso que eu tinha ido até Shawn para início de conversa, para ouvir aquilo. As pessoas, ele continuou, viviam combinações bem mais estranhas, mas o que, de fato, o impressionou, no dia seguinte, quando pensou no assunto, era que a simetria estava toda errada. "Estava desequilibrada", disse Shawn, "e foi por isso que você se sentiu mal."

"Você é perfeita para Los Angeles, você sabe. Você é como a dama por quem todos se apaixonam mas se odeiam por isso, porque você é toda errada. Eles não têm nada que se pareça com você. Não tem precedentes. Você é voluptuosa e inteligente demais e gentil demais e maldosa demais, e dá tudo o que querem e depois fica triste e fria... Me perguntava por que você se veste dessa maneira — num minuto vejo você com uma daquelas camisas velhas e aquele lenço!... e depois está em algum evento de arte e vejo mulheres olharem para você sem que você perceba e estão todas se questionando como caralhos você *consegue*. Você brilha."

Shawn é um dos únicos homens na Terra que não aproveita a oportunidade de chutar quando você está para baixo. Ele faz seus defeitos parecerem subprodutos inevitáveis de todo seu brilhantismo. E pela primeira vez na minha vida, comecei a saber, lá no fundo, que mesmo que não fosse tão magra quanto George Harrison, tudo ficaria bem. Aliás, poderia até mesmo ser divertido.

Lembro que desde que comecei a me relacionar, os caras nunca me deixaram esquecer que se eu não tomasse cuidado, ficaria *muito* gorda (insinuando que eu já era uma visão dolorosa daquele jeito). Aí os Beatles vieram com suas

Jane Ashers e aquelas roupas de Mary Quant que só dava para usar se você tivesse dez anos de idade e fosse criada à base de repolho inglês. Por uns cinco anos, todas as minhas conversas com mulheres eram sobre dietas; elas sempre se concentravam na realidade crucial de suas vidas, que era suas imperfeições. Nada como George Harrison. Mas no meu caso, especialmente, eu estava fadada a ter essa carne toda me cobrindo, a menos que comesse apenas hortaliças e peixe e bebesse só água Perrier, praticasse minha ioga fielmente, nunca esquecesse de tomar vinagre de maçã e cápsulas de algas marinhas; se eu fizesse tudo isso — nossa, lá estaria eu em um salão e você não conseguiria me distinguir de todas aquelas outras mulheres que faziam de tudo para manter o mesmo tamanho. É um paradoxo horrível.

Quando Shawn, na manhã seguinte ao siroco, fez seu pequeno discurso bem ponderado e cuidadosamente preparado, pensei, talvez ele esteja certo. Não faria mal *pensar* que eu era bonita, em todo caso. Afinal, eu acho L.A. bonita e isso não está na moda nem é correto.

Na noite seguinte, eu estava jantando com esse jovem rico e elegante que olhou para mim enquanto colocava patê em uma torrada e disse, "Melhor você tomar cuidado com essas coisas. Vão deixar você gorda."

"Que merda", disse a ele, "existem tantas mulheres perfeitas no mundo, é horrível que você tenha que perder seu tempo sentado aqui comigo."

Arrogância e presunção em comentários assim são muito mais divertidas do que passar fome o dia inteiro. Uma vez estabelecido que você é você, e que o resto do mundo é perfeito, perfeito de uma maneira trivial e industrializada... Você pode causar todo tipo de estrago que quiser.

Há algo de fascinante no rosto de uma pessoa quando ela não está desmoronando por causa de suas imperfeições e cheia de autodepreciação. Prazer é sedução. Quando você está sorrindo, o mundo inteiro prefere sorrir com você e comer mais um sanduíche de agrião do que ponderar sobre o universo com um ex-Beatle. A primeira vez que comecei a perceber tudo isso foi com Shawn na noite em que finalmente choveu. Ficou claro para mim que a beleza não tem nada a ver com moda, que o amor pode vencer qualquer coisa, que sexo é arte, e vejamos... a esperança é eterna. Eu amo a chuva.

Enquanto dirigíamos por Santa Monica iluminada por luzes de todas as cores imagináveis brilhando das lojas de bebida, parecia para mim que Shawn se realçava no meio de uma noite embaçada e charmosamente prateada. Tão charmoso, pensei, o Quaalude fazendo efeito, é tudo tão charmoso. Eu me senti como uma flor íris molenga e premiada, contente em ser uma flor, toda lavanda e sedosa, daquelas que chamam de True Blue.

Nós estacionamos na porta do Ports; tinha um lugar quase na frente para enfatizar nosso estilo de vida correto. Lá dentro, cumprimentei Olivia e Frank enquanto tirávamos os casacos, e lá estava Ports, transbordando com todos os tipos de pessoas que não conseguem resistir quando está chovendo.

A jukebox tocava tangos argentinos para relembrar a todos da paixão.

"Não são bonitas?", perguntou Olivia sobre um buquê alto de íris brancas. "Sally que trouxe!"

"Sim, são lindas", disse eu. "Agora." (A piada predileta de Olivia era sobre aquele amigo dela que exclamava toda vez que via seus buquês-de-três-dias: "Ah! Como devem ter sido encantadoras.")

Shawn e eu fomos induzidos a nos sentar em uma mesa cheia de designers. L.A. está cheia de designers, diretores de artes e representantes de fabricantes de móveis maravilhosos de Milão. Essas pessoas não moram em apartamentos como quase todo mundo, ou em conjugados como artistas; elas moram em "espaços". "O que acha do meu espaço?", perguntam, mostrando a você um tributo inconcebível ao branco, ao cromo e ao vidro espesso, nada aconchegante, anti-Dickens.

"Mas onde é que você dorme?", questiono, nervosa.

"Tem um espaço subindo aquelas escadas", me contam.

"Mas essas escadas... Quero dizer, essas escadas não têm corrimão. Você não tem medo de cair de cabeça na sua mesinha de centro e destruir o vidro? O vidro parece bem caro."

Mas designers nunca ficam suficientemente bêbados para ensanguentar seus espaços. Vermelho não combina com branco e cromo. (Não que eles necessariamente tenham sangue vermelho, agora que paro para pensar.)

Eu excluo os italianos disso tudo porque, de alguma maneira, quando italianos fazem, é humano e aceitável. Italianos nunca morariam em um "espaço" porque "espaços" tendem a lançar um brilho sinistro em jantares devido ao excesso de branco. Nenhum italiano toleraria esse gênero de bobagem num jantar.

Metade das pessoas na mesa eram italianos e a outra estava tentando se tornar italiana por osmose; aprendendo o idioma, todos amigos italianos, todos os móveis italianos. Os não italianos nunca escolheriam o Ports; foram os italianos que insistiram, porque estavam encantados por um lugar tão *"inglese"*, ou "Tão maravilhoso como esse escritor *inglese* — D. H. Lawrence!". (Todos os italianos chiques que conheci que vêm para os Estados Unidos fazem questão de visitar Taos por causa de D. H. Lawrence.)

No meio dos não italianos tinha um "boneco de piche" chamado Al Stills. Eu nunca soube o que era um boneco de piche até, numa tarde em Laguna, Shawn me explicar que boneco de piche é aquele tipo de pessoa que nunca reage aos esforços alheios de conquista, que não se importa com as artimanhas concebidas para agradá-la, e que por isso enlouquece e prende qualquer um a ela. E quanto mais você tenta agarrar o seu boneco de piche, mais preso você fica e pior é a situação. Jim Morrison foi um dos meus bonecos de piche, e agora (que é tarde demais) vejo que ele poderia ter sido um grande amigo, até um amante, se eu não tivesse alimentado esse fenômeno nele. Al Stills nunca foi um dos meus bonecos de piche, mas reparei que muita gente em Los Angeles era fascinada e aterrorizada, ao mesmo tempo, por ele. Al Stills tinha um brilho limpo e islandês que mexia com as pessoas em L.A. E ele nunca falava muito, sempre sorria amigavelmente (dentes brancos, brancos), e não era muito inteligente. Deve ter sido seu cérebro básico e medíocre que atraía as pessoas; era como um animal que é animal demais para compreender a inevitabilidade da própria morte, e esse tipo de gente é sempre reconfortante.

O engraçado, a melhor parte, era que Al Stills tinha um boneco de piche pior do que qualquer outro — a Itália. Ele teria feito qualquer coisa para que a Itália o notasse, ele a venerava com todas as suas forças. Mas ela, claro, sempre ignorava islandeses nórdicos. E, do mesmo modo que a Itália atraía loiros com olhos azuis para Veneza com seu Grand Canal e histórico extravagante, os italianos estão sempre dando no pé para o Novo México, procurando um passado vazio. Eu odeio adobe então nunca fui a um deserto com algum italiano, mas posso imaginar como eles amam toda aquela terra sem nada em volta. (A ideia de tentar "se encontrar" em algum tipo de ilusão geográfica é o suficiente para me deixar tão enojada e entediada a ponto de, provavelmente, me tornar maldosa. Apesar de que, pensando melhor agora, minhas viagens a San Francisco devem ter mais por trás do que parece.)

Itália, meu amor, minha Itália do meu jeitinho, você nunca foi um boneco de piche para mim. Sempre me retribuiu; me deixou partir; nós tivemos uma paixão bem simples, que foi amoral e sem ciúmes.

Talvez o que eu tenho me permita não dar valor demais à Itália e pensar, Bom, é *claro* que os prédios são mais bonitos aqui, é *claro* que os sapatos são melhores, é *claro* que os postos de gasolina são sonetos de design milagrosos… e, mesmo vendo isso, volto para L.A. Porque você não ama uma coisa só porque ela é lindamente arquitetada; você a aprecia e vai para casa. Talvez a razão de não ter ficado presa na Itália é que já sou muito calejada — uma infância vivida ao lado do oceano Pacífico me fez aceitar a perfeição como se aceita a existência de pernas e braços, sem me grudar no piche. Truques simples como a chuva é o que me cativa.

Al Stills era naturalmente um boneco de piche para Shawn. Shawn não conseguia se controlar; vinha do fundo de sua alma. Shawn do Sul decadente, das mansões sem pintura em fazendas enormes, do musgo, dos convites de mulheres e de homens gentis dizendo "voltem sempre...". O coitado do Shawn não poderia oferecer nada para Al Stills. Al Stills era incapaz de enxergar Shawn. Ah, às vezes ele pegava um vislumbre, quando um italiano lhe dizia que Shawn era um dos melhores designers que tínhamos (Shawn tinha um saber natural de onde as coisas deviam estar). E aí Al sorria e tentava ter uma conversa meio superficial, mas Shawn desvanecia diante dele e Al esquecia na hora do que estava falando.

Nós estávamos todos sentados na mesa grande, uns cinco italianos e outros cinco incluindo Al Stills. Shawn foi capturado por duas mulheres italianas, me deixando sentada ao lado de Al Stills, que me serviu vinho e sorriu aquele sorriso branco, branco.

Os tangos argentinos persistiam ao fundo, mesmo que naquele ponto nós não precisássemos ser relembrados da paixão. Aqueles Quaaludes transformavam tudo em tango argentino. Especialmente Shawn com aqueles olhos, daquela cor cinzenta estranha. Eu levantei minha taça e fiz um brinde para ele, do outro lado da mesa. Mas agora o que é que Al Stills estava dizendo...?

"O que você está *usando*?", perguntava, se inclinando em minha direção, quase tocando meu pescoço.

"Ah... perfume. Le De Givenchy. O que eu sempre uso", respondi. Era um flerte, então me distanciei um pouco. Se ele se inclinasse mais, *eu* seria a boneca de piche *dele* e minha vida seria uma farsa francesa.

Ele chegou mais perto.

Eu não consigo imaginar em como tiramos Al Stills de seus italianos e o levamos para dentro do apartamento entulhado estilo Charleston *antebellum* de Shawn às duas da manhã naquela noite chuvosa, muito menos explicar como nós três acabamos na cama. Acho que teve alguma coisa a ver com conhaque. Al Stills queria um conhaque, eu queria ficar com Shawn, Al Stills queria ficar comigo *e* beber conhaque, Shawn tomou conhaque, e aí... Mas então, como é que todos acabamos na cama juntos sem nem ter tomado o conhaque? Devem ter sido aqueles Quaaludes.

Shawn e eu fomos primeiro ao apartamento e estávamos perfeitamente sóbrios quando chegamos a uma espécie de conclusão implícita de que o coitado do Al Stills não tinha a menor chance com a gente. Eu entregaria a Shawn o boneco de piche servido em um colchão de prata. Mas Al Stills devia saber que tínhamos péssimas intenções no momento que chegou no apartamento alguns minutos depois e me encontrou pelada na cama e Shawn em seu quimono de seda prateado.

Essa deve ter sido a noite em que Shawn e eu nos apaixonamos, mais ou menos. Talvez o loirinho do norte tenha nos unido sob o teto em que a chuva lenta batia. O coitado do Al Stills foi bem legal em relação a isso.

Minha mãe uma vez disse que sexo só é bom se for sórdido e *verboten* e nunca achei algo que refutasse isso. Tanto Shawn quanto Al Stills eram católicos não praticantes e não dá para ficar mais sórdido ou mais *verboten* que isso.

Foi um pouco estranho, estar ao lado de um estranho na busca do Santo Graal, mas tentamos fazer as coisas da maneira mais prazerosa possível para ele, assim como ele provavelmente achava, em seu coração, que éramos "muito infantis". Era algo meio escultural, polido, o norte e o sul e a chuva na noite afora. Havia elegância por causa da chuva.

E aí, de algum modo, chegou a manhã. Um raio de luz amarela passou pelo conhaque intocado e lá estava Shawn olhando para mim. Ele me beijou e sussurrou que ia tomar um banho e que logo voltaria com café.

Toda arte se esvai, mas o sexo se esvai mais rápido. O coitado do Al Stills acordou com ressaca e resmungou. "Ah, Deus", disse, "quer dizer que ele já está de pé?"

"Está", respondi.

"Acho que Shawn sempre esteve um passo à frente de qualquer situação", comentou o coitado do Al Stills.

"Não estou achando o café", Shawn entrou para dizer. "Nós poderíamos ir ao Sarno's."

Era a coisa certa. Sarno's era uma cafeteria italiana e Al Stills perceberia que tudo era perfeito. E, de fato, notei um olhar mundano em seu rosto. Ele havia sobrevivido a uma aventura arriscada com dignidade e, é claro, Shawn fez tudo soar tão fácil, perfeitamente charmoso, como sempre.

Eu me apaixonei por Shawn ainda mais quando ele agarrou a conta do café da manhã e insistiu em pagar. Foi *aí* que me apaixonei por ele, agora me lembro exatamente.

* * *

Nós voltamos para o apartamento de Shawn sob um sol brilhante. Al Stills foi embora para seu "espaço" em sua Ferrari; ele acenou para a gente quando passou com o carro. Shawn afastou a franja dos meus olhos e disse, "Vamos a Laguna no próximo final de semana. Você quer?"

"Claro", falei. "A não ser que chova."

Shawn observou Al Stills virar à esquerda e desaparecer. "Quer saber?", disse, "Ele nem... Nada disso fez a menor diferença para ele."

"Para ele isso é só putaria, nada a ver com a vida real. Você quer saber de quem ele gosta de verdade? Isabella Farfalla, porque ela é muito má com ele e ainda por cima italiana", respondi.

Mas até em L.A. precisa chover às vezes. Nunca nevaria, nunca ficaria tão frio a ponto de cair uma nevasca sobre nós. Os italianos talvez sejam "muito infantis", mas seus bonecos de piche não são a dor física ou a frieza; eles querem ausência de história, querem começar do zero. Quando projetaram aqueles grandes palácios em Roma, aposto que eles sabiam o tempo todo sobre a esperança e a morte, mas foram tão elegantes que fizeram tudo parecer fácil.

DIA HORRÍVEL EM PALM SPRINGS

Desde que você e David prometeram me fornecer suas versões pessoais dessa aventura, tenho esperado ao menos alguma coisa. Mas nenhum dos dois me entregou um único trecho. Ah, de vez em quando David fala, "Eu realmente não sou louco. Quer dizer, tento não fazer coisas que me fazem mal de verdade. A única vez que me fudi foi naquela vez em Palm Springs. Deus, que merda foi aquela." E tudo que você deve se lembrar é de como foi bom se deitar pelado no sol (na frente de três mulheres, do jeitinho que você é quando está pelado com a porra do seu pinto para fora, me fazendo desejar muito, meu querido, que você tivesse arrumado a queimadura solar que merecia. Mas não). Albee poderia ter feito algo a partir daquele grupo terrível, mas eu prefiro não pensar nas possibilidades dramáticas, mesmo que aquele lugar fosse um palco perfeito.

Quando eu era criança, meu pai não aprovava Palm Springs de jeito nenhum; dizia que era caro demais e nós passávamos direto quando viajávamos de carro para Indio. Eu gostava de Indio porque a loja Woolworth de lá tinha os mesmos estojos japoneses com fita-métrica que eram vendidos como raridade no Grande Sudoeste. Palm Springs não era considerado parte desse território. Mas talvez eu esteja confundindo Indio com Taos, onde, por uma semana, meu pai expôs a família a sudoeste suficiente para durar uma vida inteira.

A partir daí, passamos a ir sempre ao deserto em Indio. Minha irmã e eu acreditávamos que era possível deixar a mão aberta sobre a coxa por quinze minutos no sol, e ao tirar, ficaria a marca. Era bem fácil arranjar um bronzeado por lá.

Quando o deserto virou o local para tumultuadas férias da Páscoa de estudantes do colegial, meu pai aceitou fazer uma extravagância e me presentear uma única vez com Palm Springs. Eu tinha removido um siso na véspera da viagem e passei a semana inteira sangrando, metade da minha cara inchada e um olho quase fechado. Felizmente, não havia piranhas na piscina.

E depois, quando a banda de rock and roll local pegou uma limusine em direção a lugares escondidos em Joshua Tree e todos tomaram tequila sunrises no pôr do sol, posando para capas de álbum, chapados de mescalina, eu dei de ombros. Aquela semana em Taos já tinha me fornecido uma dose suficiente de iluminação étnica. Eu odiava turquesa e cactos e indígenas de pele curtida pelo sol, envoltos em cobertores de flanela xadrez em tons pastéis da J. C. Penney. Deixemos que as pessoas de Nova York e Detroit adorem a indígenas e se esbaldem com colares de flores de abóbora e tecelagem, e sejam aquilo que Alec Guinness, como Príncipe Faisal, acusa O'Toole de ser em *Lawrence da Arábia,* quando Guinness franze os olhos e assume uma atitude séria e irônica: "Eu temo que o senhor seja um inglês amante do deserto, Sr. Lawrence. Nenhum árabe ama o deserto; nós amamos árvores frescas e grama verde. O senhor é, Sr. Lawrence, um inglês amante do deserto?"

Bom, da última vez que fui ao deserto, quando tinha vinte e um anos, com minha irmã, o namorado dela e o meu, ficamos presos em uma tempestade de areia e as janelas elétricas do velho Cadillac 52 se recusaram a se mover e ficaram abertas. Declarei, de uma vez por todas, que preferia o oceano e nunca mais seria tão louca a ponto de voltar ao deserto.

A paz que alguns dizem abraçar na areia nunca aconteceu comigo, mesmo que sempre tenha mantido a esperança de que uma certa aridez fosse me acalmar. Eu gosto de ar quente, escaldante, impiedoso — ar tão quente que você nem consegue respirar.

O problema com a ideia de uma ilha deserta é que, se você realmente parar para pensar, ela não vai ser como um deserto no meio do oceano. Vai ser úmida como Havaí e Manila e chover o dia inteiro. E umidade você encontra em Nova York.

Por anos Nikki Kroenberg vinha sendo uma espécie de modelo da revista *House & Garden* para mim. Era mulher de um advogado bem relacionado em San Francisco e, embora ele defendesse causas liberais e da moda (causas de gente rica), ela era sempre fotografada saindo de um Mercedes usando roupas discretas que não eram discretas a ponto de não indicar que ela estava respeitosamente pronta para fazer jus à sua origem (ela era de uma antiga família estabelecida em San Francisco, mas vinda de Boston) e honrar com sua presença a ópera, o baile de caridade para as crianças, a abertura de uma nova ala em um museu.

Toda vez que ela considerava coisas como fazer um curso ou reformar a sala de estar, eu ouvia falar a respeito. As pessoas faziam ligações para falar sobre qualquer coisinha que ela fizesse. Não tínhamos alternativa. Toda informação relativa a ela era extremamente pessoal, como saber a cor que escolhia para pintar o banheiro de seu *pied-à-terre* em Nova York, ou as fotografias, fabulosamente elegantes, com legendas que diziam, "Sentada à direita do embaixador da Suécia está a Sra. Nikki Reese-Kroenberg de San Francisco."

Todos nós odiamos Jane Powell. Não há nada pior do que uma figura minúscula rodopiando alegremente pela cozinha, fazendo a louça brilhar, acompanhada apenas de um passarinho pisco-de-peito-ruivo atrevido no parapeito ensolarado de uma janela amarela. Por outro lado, o que uma pessoa que só usa tamanho PP poderia fazer? A maioria das que eu conheço tem enxaqueca no fundo de um olho. É o olhar de desespero e desolação que lhes dá peso e dimensão. Mas é estranho pensar que todas parecem ter encontrado enxaquecas como que por mágica na última década, mais ou menos. Em outros tempos, se você fosse leve como uma pluma, seria como Barbara Stanwyck com sua voz de pedreira de granito e convites com arco-íris. Hoje em dia, como todo o resto, as pessoas só levam em conta a primeira coisa que veem, e o que todos veem é a enxaqueca. Mas ainda é melhor do que Jane Powell.

Bom, e Nikki Kroenberg, como descobri logo de cara, tinha enxaquecas. A dor realçava sua estrutura frágil e pequena e lhe dava gravidade. A dor parecia cruel e injusta, como aqueles anúncios sobre crianças famintas na *New Yorker*.

O tamanho emprestava algo trágico e teatral a Nikki, que fazia com que todos quisessem facilitar a vida dela. Era perdoada pelos banheiros e pelas legendas de fotos por causa de suas constantes e atrozes enxáquecas. Até de longe, de onde eu estava, dava vontade de fazê-la sorrir. Risadas, claro, estavam fora da questão, porque como alguém poderia fazer rir um ser tão frágil, enfermo e pequeno como Nikki?

Mas a verdade é que ela ria *sim*. As pessoas sempre esquecem de contar a parte mais importante, e em todas aquelas ligações telefônicas eu nunca escutei que ela tinha dito algo engraçado ou achado graça de alguma coisa. Nikki, contudo, estava à mercê de palhaçadas idiotas, comédias-pastelão e grosserias. Nada a agradou tanto quanto a vez que o juiz caiu do púlpito, derrubando uma jarra de água na Bíblia ao meio do juramento de alguém. Ela soltou um grito de alegria, alegria pura e divertida. Na primeira vez que a ouvi, soube a *verdadeira* razão de todos passarem tanto tempo se preocupando com suas enxaquecas.

Saul Kroenberg, o marido-advogado, mantinha a mansão de Nikki em San Francisco cheia de criminosos — indivíduos injustamente acusados ou velhos militantes dos Panteras Negras a caminho da China.

Nikki tinha vindo para L.A. para redecorar os escritórios de advocacia de um amigo do marido. Era seu primeiro "trabalho" e o abordou com terror e seriedade. Ela se instalou em uma suíte de cobertura no Chateau Marmont (ela odiava o Beverly Hills e o Beverly Wilshire porque eram Grandes Demais). Não sabia se gostava de Los Angeles porque nunca tinha se aventurado pelas ruas e pedia comida ligando para o Chalet Gourmet ou o Greenblatt's. Ela não deixava o apartamento a não ser que fosse empurrada porta afora à força. Ficava com enxaqueca ante a mera menção de uma festa. Não via razão para não oferecer ovos mexidos se você sugerisse sair para jantar. Usava um corte de cabelo bem curto para que quase nunca precisasse ir ao cabeleireiro. Por odiar o prédio, só foi ao escritório que supostamente deveria decorar uma vez e levou as plantas para casa. O único lugar que ia sozinha era ao médico.

Sara, uma jovem poderosa, devastadora e brilhante, e minha amiga, era uma das funcionárias juniores de Saul Kroenberg no escritório em San Francisco, mas quase sempre estava em L.A., e era quem me mantinha a par da vida de

Nikki. Quando conheci Sara, ela ainda estava em Berkeley. Ela nunca, em nenhum momento, se deixou distrair por um balcão de cosméticos e poderia muito bem sair por aí usando as roupas velhas de Che Guevara (ela estava sempre de jeans — sem corte francês — e sandálias pesadas e barulhentas tipo beatnik).

Com o passar dos anos e à medida que ficava cada vez mais envolvida com Nikki, Sara começou a usar saias e camisetas elegantes de St. Tropez, sutis mechas loiras e adotou um novo sotaque inglês. Um dia, me disse, "Eu gosto bastante de Nikki, na verdade."

"Gosta mesmo?", respondi. "Que bom para você."

"Ah, para com isso", ela disse.

"Fala sério, Sara, o que tem para se gostar nela?", perguntei. "Pelo que você diz, tudo que ela faz é choramingar."

Sara era o tipo que fugia de mulheres que choramingavam. Ela tinha morado em um kibutz por quatro anos e enxaquecas não estavam em seu repertório.

"Ela vai ficar em L.A. por um tempo", Sara respondeu. "E eu estarei ocupada em Oakland. Por que não telefona para ela? Ela vai precisar de alguém como você para conduzi-la por aí."

Naquela noite, Sara levou Nikki à reunião de uma galera de uma revista da moda, eles aguardavam um cara do pó que prometera aparecer às sete e meia, mas tinha acabado de ligar dizendo que chegaria em quinze minutos, que se encontrava a dois quarteirões de distância mas tinha se enrolado. Estávamos todos nervosos; ele já estava uma hora atrasado e eu nunca tinha esperado por um cara realmente envolvido em crimes e com milhares de dólares empilhados numa mesa aguardando para trocar de mãos. Nikki sentava encolhida em uma grande poltrona, excessivamente estofada, no canto, sem se mover. Eu gostei de suas roupas e do modo como se sentava. A maioria das pessoas com menos de um metro e cinquenta se sentem obrigadas a demonstrar normalidade usando gigantescas estampas florais e se sentando certinho, com a postura ereta. Mas Nikki usava um vestidinho antiquado, franzido, com detalhes em crochê. Apesar da postura de garotinha e do vestido esquisito de cor suave e infantil, ela parecia estranhamente ameaçadora. O crânio, as maçãs do rosto, o corte brutal que traçava sua boca, tudo parecia egípcio e atemporal. A pele era do tom do deserto, sem nenhum traço rosado, neutro. E no momento que você começava a pensar que ela era um réptil vestido com roupas de boneca, ela levantava os olhos e lá estava a mais maravilhosa das surpresas — seus olhos eram calorosamente dourados perto da pupila e se tornavam violeta na borda da íris.

Estávamos todos nervosos por causa do traficante de pó, exceto Nikki, que bocejou e fechou os olhos.

"Ela não se importa?", perguntei a Sara.

"Ela não cheira", disse Sara. (Alta sociedade demais para cheirar pó, é? Eu disse a mim mesma. *Isto* é ser aristocrático nos dias de hoje.) Mas ela tirou isso a limpo imediatamente falando: "Eu não *posso* cheirar, não é que eu não *queira*! Meu nariz sangra por dois dias, já cheirei demais."

No final da noite, quando Sara sugeriu que eu ligasse para Nikki, cheguei à conclusão de que talvez fosse uma boa ideia.

Nikki e eu tivemos diversas conversas longas até altas horas no telefone e ela me explicou em detalhes o problema no interior do escritório de advocacia. Um imbecil tinha pintado o foyer numa intensa cor de tangerina e agora era muito difícil imaginar qual cor ela poderia usar sem sobrecarregar ou criar desarmonia entre os inúmeros sócios. Ela queria pintar as salas com algo devastador como pêssego ou azul royal, mas sabia que os clientes poderiam desaparecer num ambiente como esse, mas mesmo assim... ela recusava a se render ao creme.

"Que tal dourado e roxo como os seus olhos?", sugeri.

"Dourado e roxo!", exclamou, sacudida por uma alegria estrondosa, a risada de um garotinho indefeso diante do ridículo. Chegou até a derrubar o telefone.

E assim eu me tornei dela para sempre.

No dia seguinte, ela me chamou para tomar café às onze da manhã e, quando chegou a hora do almoço, tentei persuadi-la a ir ao Ports comigo, mesmo sabendo que seria impossível. Eu queria que eles a vissem, vissem aqueles olhos e como era a culminação de um projeto impecável de poder sutil. É claro, Nikki não era atriz; era esse o ponto. Ela era real.

Mas ela queria cozinhar frango; não queria sair. Estava quente demais ou frio demais, será que eu gostaria de um drinque, um baseado? Qual era o nome do restaurante mesmo? Ela nunca tinha ouvido falar, mas não gostava de restaurantes, nunca gostou deles, ela os odiava. Provavelmente estaria cheio demais, vazio demais, tarde demais. Eu finalmente a empurrei porta afora e para dentro do elevador do Chateau e disse que se ela odiasse tanto assim, eu a levaria direto para a casa.

"O que eu odeio ao ir a lugares como esse", explicou ela, hesitando ao chegar ao meu carro, "é que todo lugar que vou vejo pessoas que conhecia antes de Saul e elas nunca se lembram de mim, mesmo depois de termos nos visto cinco vezes."

"*Eu* me lembrei de você", lembrei a ela. "Achei você bastante memorável."

"A primeira vez que nos encontramos foi três anos atrás no brunch de Jack Tribune em San Francisco. E depois nos vimos uma noite no Perry. E outra vez em uma exibição na casa de Francis. E uma vez na de Sara."

"Foram apenas quatro vezes", disse eu. "E o que você espera sendo tão pequena?"

Eu meio que a joguei dentro do carro e dirigi muito rápido para o Ports.

Nós nos sentamos em uma mesa escura em um canto escuro. A faca de Nikki estava suja. Eu poderia ter matado eles, de fato poderia. Por que a faca *dela* tinha que estar suja na primeira vez que ia ao Ports? Controle-se, disse a mim mesma, e tomei dez miligramas de Valium. Estabilizei meu humor, sorrindo controladamente, o que era o mínimo que poderia fazer, já que Nikki, como pude perceber, estava nervosa demais por nós duas. Ela se aproximou de mim e disse, "Não olha agora mas aquele homem atrás de você é um dos clientes do meu marido. Ele está tentando se recordar de onde me conhece. Ele morou em nossa casa durante uma semana."

O homem se levantou, parecendo confuso enquanto deixava a gorjeta na mesa, e deixou o Ports com seu companheiro de almoço, uma leve tensão perplexa nos ombros.

"É por isso que odeio ir a qualquer lugar", ela franziu a testa. "Só gosto de lugares tipo cafés onde ninguém assim vai."

Ela estava começando a relaxar e me contou seus planos para o final de semana. Era sexta, então na manhã seguinte sua amiga Janet ia levá-la a Palm Springs, onde um dos sócios do marido havia lhe emprestado a casa.

"Ah, e eu *amo* tanto lá", disse ela com todo seu coração. "A arquitetura parece nada à primeira vista, mas aí você começa a sentir... uma *segurança*. Como se nunca mais precisasse ir a qualquer outro lugar. Ah, como eu *amo*."

"Eu suponho que o deserto seja ok, se você estiver em uma fortaleza", disse eu, observando-a dar uma garfadinha na salada e depois puxar o prato para o lado, horrorizada com algo nele.

"Por que você não vem?", perguntou.

Eu não podia acreditar. Um final de semana inteiro com alguém tão exótico no deserto?

"Não há nada para fazer o dia inteiro além de tomar sol", explicou/se desculpou. "Mas é bem tranquilo. Você talvez goste. Por que *não vem*?!", ela se animou com a ideia. "Nós podíamos ir agora mesmo."

"Mas Nikki...", respondi. "Sério?"

"Nós podíamos pegar o Mercedes", continuou, subindo o tom de voz. "Ah, seria tão paradisíaco ir agora mesmo. Sabe dirigir com câmbio manual?"

"Eu sei dirigir com câmbio manual", respondi, "mas não posso dirigir na autoestrada. Fico muito estressada." (Desde meu retorno de Bakersfield, quando eu quase fui jogada para fora da pista por um caminhão gigantesco, jurei nunca mais dirigir na autoestrada.)

"Você não *pode* dirigir na estrada?", perguntou. "*Eu* também não. Especialmente se tem outro carro por perto."

"Olha aí", disse, "eu não poderia levar você."

"Ah, mas você tem que ir de qualquer jeito", disse ela. Talvez a surpresa e a felicidade de encontrar outro ser humano incapaz de dirigir na autoestrada tenha pesado mais do que minha fobia estranha. "Talvez outra pessoa..."

"Bom, nós podíamos chamar Shawn. Ele é um ótimo motorista. Mas ele não vai acabar o que está fazendo até às seis. Você vai adorar ele. Todas as mulheres adoram."

"Tem certeza?", perguntou. "Odiaria ter que ficar presa lá com alguém que não fosse..."

Eu telefonei para Shawn. Ele acompanha as tendências então sabia quem era Nikki Reese-Kroenberg, e como seria curioso (no mínimo) passar um final de semana na casa de Peter Sanrich IV. Contudo, Shawn tinha se comprometido a ajudar um amigo a tirar algumas fotos e não estaria livre até as sete. Era uma época em que eu e Shawn passávamos todos os finais de semana juntos, nos comportando como amantes, nos tocando por baixo da roupa no cinema e escapando para dentro de banheiros ladrilhados em festas. Chegamos a ponto de nos olharmos lascivamente de lados opostos em salões cheios. Então você pode imaginar como estava fascinada com a ideia de passar um final de semana inteiro deitada com ele no sol e indo para a cama cedo. Eu imaginava tudo: Shawn iria jogar charme em Nikki, que pelo encanto não teria mais enxaquecas, e aí teríamos essa criatura incrível como amiga, e se Shawn e eu fôssemos alguma vez a San Francisco, iríamos visitá-la. E não era só isso, Janet, a amiga de Nikki que estaria se juntando a nós, sempre foi uma amiga minha; ela era tranquilíssima e estava sempre pronta para se divertir. Assim que acabei de imaginar o quão paradisíaco seria, a ideia de *não* ir já me deixava fraca. Em pânico. Especialmente quando, depois que voltei do telefone com Shawn, Nikki disse, "Não sei... Acho que estou ficando com enxaqueca. Talvez seja melhor esquecermos. Talvez eu deva ir para casa e me deitar."

"Sério?", respondi, tentando não deixar o pânico transparecer na minha voz e pensando rápido. "Acho que será melhor dirigir enquanto o sol se põe. Não é tão quente. Quase nenhum carro. E além do mais, sei que você vai amar Shawn." E aí me lembrei de adicionar, "Ele é daltônico."

"Daltônico?", disse. Ficou instantaneamente cativada. Eu sabia que ficaria. Shawn ser daltônico é uma das coisas que me conquistaram de primeira. Era tão... de outro mundo. Ele não conseguia distinguir uma TV em preto e branco de uma em cores — não era só verdes e vermelhos como a maioria dos daltônicos. "Jesus...", Nikki disse, "me pergunto como deve ser. Ahhh, adoraria conhecê-lo."

"Vamos ao seu apartamento e depois vamos ao meu e fazemos a mala", disse, empurrando-a para fora do Ports, aproveitando o impulso do daltonismo de Shawn. Nikki, como eu, era uma escrava da cor e pensava sobre isso sem parar. Alguém que não possui esse sentido iria maravilhá-la, fasciná-la. E eu já podia vê-la observando Santa Monica com novos olhos.

E para desviar qualquer arrependimento que Nikki pudesse ter, depois que coloquei nossas coisas no carro e ainda era cedo demais para encontrar com Shawn, sugeri que fôssemos visitar meu amigo David, que tinha, naquele mesmo dia, saído do hospital. Nada como um amigo doente, eu sempre digo, para contrabalançar qualquer tendência à enxaqueca. Tinha quase certeza de que Nikki era aquele tipo de pessoa que gostava de falar de hospitais, operações, médicos e especialistas. David era perfeito para mantê-la entretida até que pudéssemos chegar ao daltonismo de Shawn.

(Se você está se perguntando por que eu estava jogando meus amigos para Nikki como se fossem peixes, você é, provavelmente, alguém sem tendências à vida social e que não gosta de passar horas no telefone revivendo festas. Você não gosta de descobrir coisas através de mulheres. Uma tarde, eu estava sentada numa varanda em uma festa com outras seis mulheres e a informação que estava sendo trocada, também conhecida como fofoca, era o bastante para manter o mundo girando por meses. De repente, um silêncio caiu sobre elas, eu olhei ao redor e vi um homem. As mulheres vestiram suas máscaras, o assunto mudou, e o homem disse, "O que vocês garotas estão fazendo aqui fora? Entrem e se juntem à festa." E a reunião de cúpula acabou ali. Nikki era a obra-prima dessa forma clássica; ela entendia tudo sobre jantares organizados desajeitadamente, sobre divórcio e hospitais e quem se sentava onde. E se você ainda está se perguntando, eu estava mais fascinada por ela do que Palm Springs, Barbados e Paris juntos. Ela era muito rara.)

Eu também contei para Nikki que David estava se separando da mulher; que ela havia "sofrido" em silêncio por dez anos, enquanto fazia o doutorado em antropologia. Depois de concluir, ela decidiu que o casamento inteiro tinha sido um erro desde o início. Houve algum tipo de desentendimento entre os dois no estacionamento do hospital naquele dia, quando ela foi buscar David para levá-lo ao novo apartamento vazio de solteiro. Ela acabou jogando uma chave de roda nele de tão puta que estava por ter passado todos aqueles anos deprimentes com um machista escroto.

"Em resumo, o David", conclui, "não vai estar na melhor das condições."

David sossegou imediatamente com o jeito hábil de Nikki em lidar com pessoas recém-saídas do hospital. Ela tinha a qualidade perfeita de passividade, diferente de mim, que ficava andando de um lado para o outro procurando uma superfície espelhada e uma lâmina de barbear.

Eu entrei no banheiro e cheirei a maior quantidade de cocaína que consegui, e, quando saí, Nikki estava convidando David para ir também a Palm Springs no dia seguinte; Janet iria buscá-lo. "Vai ser bom para você sair um pouco", disse ela, gentilmente. "E não tem nada para fazer lá além de ficar deitado no sol."

"Nossa, parece ótimo", comentou David. Ela estava sendo tão lindinha, bastava olhá-la para que ele se sentisse melhor. "Eu realmente adoraria ir. Nunca fui a Palm Springs."

"David nunca foi a lugar nenhum exceto Nova York", expliquei, "embora tenha morado em L.A. nos últimos doze anos."

David é um desses escritores de comédia bem nova-iorquinos. Ele escreve comédia todo dia — eu nunca consegui imaginar como alguém escreve comédia, mas você ganha dois mil dólares por semana nessas séries de televisão, quantias enormes por pilotos, e pelo menos cento e cinquenta mil dólares por um roteiro de filme, se tiver um agente bom de verdade.

David nunca se tornou californiano (isso me deixava grata — ele nunca usou aquelas porras de macacões de malha ou aquelas merdas de correntes de ouro ou os sapatos Gucci ou todas as coisas que nova-iorquinos adotam quando viram californianos). David nunca aprendeu a velejar, nunca comprou um Porsche ou um Mercedes, e nunca falava de filmes em termos de bilheteria. A única coisa californiana que ele *faz* é não comer carne.

O coitado do David mancou em suas muletas e acenou para a gente da porta de seu apartamento de solteiro enquanto íamos embora.

"Foi muito gentil de sua parte convidá-lo", falei a Nikki. Era mesmo.

"Bom", disse ela, baixando os olhos, "ele parecia precisar de um pouco de sol."

Que mulher estranha, pensei com meus botões, nos dirigindo até a casa de Shawn. Ela odeia festas e multidões e ama cada um de uma maneira única que a faz sempre estar envolvida em festas e multidões. Ela não poderia de fato acreditar em toda aquela paranoia de não se lembrarem dela ou de não gostarem dela. Ela não poderia, pensei, de fato *acreditar* nessa merda.

O problema era que Shawn não era apenas daltônico; ele também não tinha senso de coisas como horários, dias, ou a dor que alguns de nós sentem ao lidar com a espera. Minha irmã disse, "Se você quiser manter Shawn, você vai ter que carregar um livro." Assim, todas aquelas situações despreocupadas em que Shawn ia buscar suas roupas na lavanderia e me deixava no carro e entrava numa discussão de meia hora com uma senhorinha que estava sempre feliz em vê-lo e conversar sobre a vizinhança... e assim, eu conseguia ler minha Virginia Woolf. Mas, quando chegamos no apartamento de Shawn, Nikki estava comigo, e não era um bom momento para ler (embora, por Deus, eu comprei o livrinho amarelo chamado *Granito e arco-íris* e como eu havia lido e relido várias vezes *O leitor comum*, dá para imaginar como a promessa de um monte de novos ensaios ficavam à espreita no meu cérebro).

Há muitas pessoas que não ficam vermelhas de ódio quando são obrigadas a esperar. Eu conheço um monte de gente que nem considera algo relevante o conceito de quinze minutos de atraso. Então, se dizem que vão se encontrar com você às onze horas e aparecem às onze e vinte e cinco, pedem desculpas (se lembrarem) por estarem dez minutos atrasados — os outros quinze minutos nunca existiram e há algum tipo de entendimento comum entre a maioria de que esses quinze minutos servem como um prazo de tolerância. Desde que comecei a carregar um livro para qualquer lugar, até para algo como a cerimônia do Oscar, lido com muito mais facilidade, e a amargura que diminui sua vida é substituída por uma ótima brochura. Leve, cabendo com facilidade na maioria das bolsas, o humilde livro de bolso tem salvado muitas de minhas relações que teriam acabado em derramamento de sangue.

(Minha irmã está trabalhando na questão "Como amar alguém sem levar para o lado pessoal; sem se importar?". Eu disse a ela que quando descobrir a resposta é para me contar e prometi não espalhar para ninguém.)

Shawn e o fotógrafo tinham apenas acabado de montar as luzes. Shawn iria servir de modelo para um anúncio de uísque escocês. Ele tinha que se sentar na frente de uma mesa envernizada e digna que parecia fazer parte de uma biblioteca em uma casa de campo inglesa e não da Western Avenue com sua incrível variedade de barganhas sexuais acontecendo do outro lado da janela. A coitada da Nikki teve que atravessar essa algazarra de meninos de salto alto para chegar ao pé das escadarias. O apartamento de Shawn em si era um pouco mais longe em um pátio inocente cercando uma seringueira de quarenta anos; ele morava no topo de uma escada no segundo andar e tinha vista para o trânsito na Western. Ele tinha colocado nas janelas cortinas de veludo carmesim escuro (que ele acredita ser azul) e transformou a sala de entrada de tamanho mediano em uma biblioteca inglesa saída diretamente de *O leque de Lady Windermere*.

"Ele está bêbado?", Nikki me perguntou de cara, avistando o uísque escocês.

Pelo menos, imaginei que foi daí que ela tirou essa ideia, mas era um tanto desanimador que Shawn não tivesse nem montado as luzes ainda. Leva duas horas para configurar a iluminação e quinze para tirar as fotos, e enquanto isso Nikki achava que ele estava bêbado.

"Eles só têm que acabar de configurar as luzes", disse a Nikki, tentando fazer parecer simples. "Por que não esperamos na cozinha e eu faço um chá para a gente?"

E assim, da cozinha, podia escutá-los organizando o local e configurando as luzes. Era complicado, também, porque tinha um espelho atrás de Shawn que tinha que refletir Shawn mas não as luzes ou a câmera. Eu poderia imaginar isso levando a noite toda. E lá estava minha amável Virginia Woolf, virgem, na minha bolsa, mas como deixar que a atenção de Nikki vagasse sozinha para algum lugar que poderia lhe dar enxaqueca? Devia ser umas nove e meia da noite. Eu tinha tomado mais dois Valiuns (sem ninguém saber) e engoli algo como um quarto de uma garrafa de rum puro quando ninguém estava olhando.

"Eu não sei", disse Nikki finalmente, baixando sua *Rolling Stone* e olhando em volta como se de repente estivesse se perguntando como tinha acabado naquela cozinha estranha com aquelas pessoas estranhas naquela rua abominável em uma enrascada óbvia, quando tudo que ela queria fazer era deitar-se sozinha no sol em sua fortaleza isolada com seres humanos dignos que sabiam o que significava quando se dizia sete da noite. "Eu estou tão cansada", disse Nikki, "acho que ficarei mais uma noite no Chateau e irei amanhã com Janet."

"Talvez seja melhor", disse eu, aceitando derrota. Eu ia matar Shawn, ia prolongar a tortura pelos próximos trinta anos para que ele tivesse décadas de comentários maldosos atirados nele se ousasse esbarrar em mim em qualquer lugar. Eu ia falar para todo mundo que sabia que era um filho da puta ATRASADO e eu seria tão astuciosa que a ideia de se atrasar pareceria de repente o oitavo pecado capital; seria pior do que a gula ou a preguiça — o atraso. O fato de que ele estava nos fazendo um favor ao nos levar até lá tinha saído da minha mente fazia tempo.

"Olha", sugeri, "se você quiser podemos esperar só mais cinco minutos e aí vamos? Às nove trinta e cinco iremos embora. O que são mais cinco minutos?"

"Bom..." disse Nikki. Nem ela poderia fazer objeções a cinco minutos porque, diferente de mim, ela fazia parte da grande massa de pessoas que desconta minutos.

Ela concordou. Eu estava indo de volta para a cozinha quando esbarrei com Shawn. "Bom", ele sorriu, "já acabamos, querida."

Eram nove horas, trinta e quatro minutos e cinquenta e nove segundos.

Nikki insistiu em se sentar no banco de trás, encolhida e focada em si mesma como se estivesse tentando ser corajosa e desassociar. Shawn estava completamente alheio a minha ira ou à tristeza de Nikki. As duas horas que passamos em sua cozinha esperando, se isso sequer passou pela sua mente (o que duvido), teriam sido uma pequena inconveniência.

Nós pegamos a autoestrada, que estava razoavelmente vazia, e tentei relaxar e esquecer que apenas momentos antes eu tinha me resignado a não ir.

Como nem Shawn nem Nikki haviam comido o dia inteiro, os dois estavam com fome e descobriram logo de cara o dom mútuo de comer porcaria. Eu sei que Shawn subsiste à base de açúcar branco e farinha branca, e tento não me lembrar de que é isso que compõe seu corpo. E Nikki gosta de porcaria porque seria impossível alguém reconhecê-la nesses lugares. Com a porcaria em comum, eles concordaram em parar no primeiro crime-contra-a-natureza que apareceu. Eu contei a ele a história do Steve Martin, que diz que existe esse tonel enorme nos fundos desses lugares contendo diversas texturas, mas que tudo é feito da mesma substância básica: o "hambúrguer", o pão, o milk-shake — tudo é do mesmo negócio vindo do mesmo tonel, mas cada um sai de diferentes torneiras, até a caixa de papelão.

Nós estacionamos em um lugar chamado Tandy's. Tandy's havia sido criado de um supermercado destruído, então nada que fizessem poderia parecer aconchegante ou humano; a escala estava toda errada para a espécie humana — como uma estação de trem. Pedi um chá mesmo sabendo que o corante que colocam no chá de restaurantes desse tipo parecesse venenoso.

Nikki pediu um prato de peixe e batata frita e Shawn pediu um x-burger e "muito ketchup", disseram os dois para a garçonete.

Eu sentei lá observando como eles levavam batatas fritas pálidas até a boca e de fato as comiam. A luz sombria e lúgubre no alto, do antigo supermercado, criava uma fatalidade repugnante ao estilo Diane Arbus nas outras únicas pessoas do restaurante. Três rapazes que se sentavam no balcão estavam tão destroçados e malnutridos que nem conseguiam ter energia suficiente para apreciar nossa garçonete, de apenas dezenove anos e que ainda não tinha se transformado em papelão.

A única arte na parede estava ao lado da porta, onde ficava um grande pôster colorido que descrevia todas as possibilidades interessantes de se juntar aos fuzileiros navais junto a uma estante de papelão com livretos de graça impressos em quatro cores nos dois lados. Deve ter sido uma fortuna a impressão, considerando a qualidade do papel.

Nikki e Shawn não saíram do Tandy's com a felicidade tranquila dos bem alimentados, devo dizer ao menos isso em defesa deles. Eles se dirigiam ao carro com a decência de parecerem traídos.

"Como é que você come essas coisas?", perguntei a Shawn quando estávamos de novo na estrada e Nikki se sentava no banco de trás com seus braços dobrados diante de seu peito de passarinho.

"Mark sempre ficava bravo comigo por causa disso", disse Shawn. "Eu sempre detestei que ele dessa tanta importância à comida. Comida para mim é só algo que você come e depois esquece. Com exceção daquele lugar... Tandy's."

Então é assim que eles fazem. Eu sempre me perguntei.

Quarenta e cinco minutos depois, Nikki nos indicou para dobrar à direita em uma estrada montanhosa e dirigimos em silêncio por um tempo, no deserto vazio, até que chegamos lá. A casa de um milhão de dólares.

Diante de nós se encontrava um alto muro branco que cercava, como descobri depois, todo o perímetro da construção, um terreno que descia meio enviesado por uma colina — que talvez tivesse quase trinta metros de profundidade e doze de largura. O muro tinha a altura de dois homens, e estava pintado naquele branco ofuscante do norte da África, que se vê em fotos de Túnis, onde tudo tem que ser branco para refletir o sol. No meio do muro havia dois grandes portões. Fora do muro, o carro estava em perfeita segurança no deserto vazio. O portão da esquerda era um painel grande de vidro que deslizou para o lado quando Nikki colocou uma chave em uma fechadura invisível. Ela alcançou o interruptor que de repente iluminou tudo enquanto descíamos, cercados pelos muros brancos, descendo, descendo, descendo até as piscinas. Duas piscinas, uma fria e grande e outra aquecida e pequena com uma Jacuzzi. Nikki fechou a porta de vidro atrás da gente. O ar estava quente e silencioso.

No momento que ela fechou a porta, o mundo — tudo sobre ele e seus x-burgers e as esperas e as cores — tudo se desintegrou em um branco austero, como ossos.

O rosto de Nikki relaxou sob o feitiço dos raios do luar; Shawn desabotoou a camisa e deixou que ela esvoaçasse de modo que nem percebi que estava se movendo; e eu, nesse estranho espaço em branco, me senti como se tivesse ido a algum lugar onde a ordem era esvaziar o cérebro e se deixar levar pela correnteza de austeros prazeres carnais. Esse não seria um local nem para comer; era um local para o descanso do corpo.

"O único problema daqui", disse Nikki enquanto ficávamos parados ali, "é que vai enlouquecer você totalmente em três dias. Às vezes menos."

Nós ficaríamos por apenas dois dias, mas eu sentia naquele momento que se estivesse com minha máquina de escrever e um bolo de papel poderia ter escrito um romance tão esbranquiçado que as pessoas o manteriam ao lado delas sempre para esvaziar suas mentes. Gostaria que ela não tivesse falado aquele negócio sobre enlouquecer assim que chegamos.

O local tinha alguma coisa que fazia você gravitar em direção às piscinas e geralmente para a esquerda. Tinha uma estrutura quadrada dividida em quatro acomodações para hóspedes. Cada unidade era digna de um rei, ou uma criança — era uma moradia perfeitamente humana sem nada de mais, com superfícies e camas simples, meio duras (que eram arrumadas por empregados invisíveis pela manhã enquanto estávamos na piscina). Era como *A Bela e a Fera* de Cocteau, quando ela entra no palácio e até os lustres se movem quando ela anda. O momento em que se entrava em um dos alojamentos, você sabia tudo que precisava saber e sabia que não faltava nada... Tudo deslizava, as portas, as cortinas, a divisória de vidro no chuveiro, as gavetas, as janelas, tudo.

Shawn e eu largamos nossas coisas reunidas-na-correria--em-L.A. debaixo de uma penteadeira e fomos nos juntar a Nikki no salão principal.

Nikki também tinha trazido algo para olhar. Uma *Vogue* italiana, uma daquelas edições com a coleção completa de outono para os invernos frios europeus, delineadas em lindas cores, as edições que custam cinco dólares. Na capa estava uma modelo tipo-Susan Blakely com capuz de peles, com esquis que mal conseguiam ser vistos encostados em seu ombro. Os seus olhos eram azuis gélidos.

"Eu odeio o frio", disse Nikki.

"Como você aguenta San Francisco?", perguntei. "É gelado por lá."

"É *mesmo* gelado", disse ela. "Talvez eu me divorcie de Saul e me mude para o deserto. Só que...". Ela suspirou e folheou as páginas da *Vogue*.

"Só o quê?", perguntei, me servindo um copo cheio de tequila.

"Só que ele não se importaria. Uma vez falamos sobre divórcio e ele disse que, se fizéssemos isso *mesmo*, ele manteria a casa, já que precisa dela para os negócios. Eu *fiz* aquela casa." Ela olhou para as piscinas onde Shawn já estava agindo como um golfinho. "Ele não sabe como foi difícil fazer aquela casa funcionar. Agora *essa* casa é maravilhosa. Praticamente não se precisa de empregados."

"Seria um ótimo local para iniciar um convento", disse eu.

A sala de estar, o salão principal, era um retângulo que corria pelo lado da colina, contrariando a atração gravitacional. Tinha tetos com mais de três metros de altura, tão alto quanto os muros que cercavam o local, e as paredes dos aposentos pareciam ser do mesmo tijolo branco. As paredes voltadas para as piscinas e em frente das acomodações eram todas de vidro deslizante. Era o tipo de vidro que obrigava você a colocar a mão na frente da cabeça antes de sair ou entrar, para ter certeza de não dar de cara com ele (o que fiz na primeira noite por causa da tequila).

Nikki estava escolhendo os discos e já tinha feito uma pilha do lixo — as músicas para serem tacadas fora. Música é algo doído para mim até nos melhores momentos. Decidi tomar metade da garrafa de tequila e voltar para o quarto e ler o que Virginia Woolf tinha a dizer no primeiro capítulo do ensaio "A ponte estreita da arte".

Não que eu goste de colocar a culpa na tequila, mas tem que ter sido algo assim, porque comecei a chorar e o coitado do Shawn me encontrou desse jeito. Eu o acusei de tentar fuder Nikki, o que veio a mim em um lampejo como uma história bem mais plausível e fácil do que os Stones despejando música de latinha de cerveja na paisagem pura, saída de Georgia O'Keeffe.

"Você vai ver", disse ele, animado, "amanhã vai ser um lindo dia e você vai estar com uma ressaca *horrível*. Merecida."

Às sete da manhã, acordei com uma dor de cabeça latejante, a boca seca e Shawn apontando para mim dizendo,

170

"Você disse coisas horríveis ontem à noite. Estava surtada. E espero que esteja com ressaca."

"Ah...", respondi, meio caída de lado na minha cama.

"Ah, olha", disse ele, pulando para o banheiro com saltos energéticos de Robin Hood. "Aspirina."

"Ah...", respondi, tentando não me jogar tanto para o lado a ponto de cair da cama.

"Como é que você consegue parentar tanto viço quando é tão perversa por dentro?", perguntou ele, me trazendo a aspirina e puxando meu cabelo para o lado, de modo que eu conseguisse tomá-la livremente.

"Porque...", disse, "*eu* pelo menos não fumo."

(É a única coisa que não faço, fumar. É o que me salva. Nas manhãs. Eu só me lembro que Nikki e Shawn fumam e um senso natural de superioridade renasce do lodo. É sério.)

Nós tínhamos chegado na sexta à noite, então era sábado de manhã quando acordei espremida em um canto com nada além de uma aspirina para aos poucos me levar até às piscinas. Havia duas grandes janelas, grandes aberturas retangulares nas paredes com barras verticais nelas. As janelas eram tão altas que eu encostava meu queixo no peitoril. Não havia vidro nelas, nada deslizava, só barras. Fiquei parada por um bom, bom tempo olhando pela janela o deserto vazio cor de pastel à distância e os coelhos e lagartos e as outras coisas com aparência estranha em primeiro plano e descobri que as barras não eram para nos prender ou manter a multidão do lado de fora (que multidão ia vir até esse cárcere vazio?); as barras eram para manter tufos de planta longe das piscinas. Shawn veio por trás de mim e encostou seu queixo no meu ombro e suas palmas em cada lado do peitoril da janela e estava absolutamente silencioso e perfeito, estava começando a me sentir da maneira que deve ser nas longas viagens oceânicas com espaços vazios melvilleanos. Era minha oportunidade para pensar e pensar apenas, porém Nikki deu play em "Blood on the Tracks" e abriu os vidros deslizantes para anunciar sua presença pequenina. Desejei que ela tivesse enxaquecas perpétuas.

"Estou com uma ressaca terrível", decidi explicar, estremecendo. "Podíamos...?"

"Ah... claro", disse ela, e abaixou o som. Ela nem se importava, era só algo que se fazia, como pôr a mesa, tocar música.

O dia estava como se estivéssemos na estrada indo a cento e cinquenta quilômetros por hora em direção a uma montanha enorme — meio-dia — que achávamos que com certeza estava se aproximando a qualquer momento, mas por volta das nove e meia ainda estava na mesma distância, tão longe quanto antes. Às dez e quarenta e cinco ainda não estava mais próxima, o tempo simplesmente não passava. Janet telefonou para Nikki mais cedo e disse que estaria saindo até às nove horas, então esperávamos que eles aparecessem no máximo até as onze. Mas, depois de meses, o relógio deu onze horas, e eles não haviam chegado. Estava para existir um meio-dia, mas nós aprendemos com a manhã que ele iria acontecer em algum momento no futuro distante, e enquanto isso começamos a rir de verdade sobre como o tempo tinha quebrado nossas vidas como galhos velhos. Eu amava escutar o riso de Nikki; tinha esquecido.

Às onze horas e trinta minutos, David e Janet ainda não tinham chegado. "Talvez", sugeri, "eles tenham se apaixonado e decidiram parar em um daqueles lugares que passam filmes sem parar e têm colchões de água, e a muleta dele furou a cama e os dois se afogaram. Talvez tenham sofrido um acidente."

"Não fale coisas assim." Nikki parou de rir. Ela estava parecendo com um pequeno escaravelho, o corpo cheio de óleo para o sol e uma grande toalha amarrada na cabeça. Ela e Shawn fofocaram sobre conhecidos que tinham morrido em acidentes. Eu não conhecia ninguém assim. Todos os meus amigos tinham morrido de propósito.

Às três e meia, o sol desapareceu por trás de uma montanha. As piscinas já não eram a atração. Não tínhamos comido nada o dia inteiro, aliás, além de café e coca diet. Nada. Eu não estava com fome; estava claro demais e quente demais, mas Shawn está sempre com fome e seu estômago fazia coisas, barulhos. Janet e David pareciam fazer parte do cenário desaparecido, não tinham sequer telefonado, e de qualquer maneira não importava porque o sol não batia mais na piscina.

Às quatro da tarde eles apareceram. David, desde o momento que entrou na casa com suas roupas de Nova York e sua crise de marido abismalmente infeliz com a separação (ela não tinha telefonado para pedir desculpas por tacar a chave de roda nele — aliás, não tinha ligado nem para saber se ele estava bem), não deveria nunca, nunca ter vindo.

Momentos antes, Nikki tinha esquecido e ligado o toca-discos no volume alto de sempre para que o elegantemente talentoso Leon Russell ficasse dando uma de Ray Charles paisagem afora e dentro da sala de estar.

"Que merda é essa?", perguntou David quando saímos por uma das portas de correr invisíveis na piscina para um espaço onde havia terra de verdade e vida de verdade.

"Rock and roll", expliquei.

"Acho que vou pegar um táxi de volta para casa", disse ele.

Ele tinha razão. Ele deveria ter entrado num táxi e subornado o cara para levá-lo de volta a L.A. imediatamente. Contudo, eu o dissuadi.

Pensando bem, me pergunto se não insisti que ele ficasse da mesma maneira que digo a pessoas como são incríveis determinados filmes que quase me aniquilaram com sua densidade e duração. É como se eu quisesse que sofressem a mesma experiência terrível que eu, só para não passarem ilesos. Insisti, então, que David passasse por um dia inteiro daquilo que eu experimentei por aquelas horas e minutos e coisa e tal — quando ele estava obviamente à beira da insanidade temporária — o que foi, de fato muito, muito, parecido com fazê-lo carregar carvão até Newcastle da minha parte, em termos de rancor. E isso nem sequer iria salvar a minha própria pele — era como se tivesse dito a alguém como o filme era bom e, para provar minha sinceridade, me oferecesse para a ir com ele numa sessão, tipo cortar os próprios punhos. Talvez o sol tivesse me levado à loucura.

E então a manhã seguinte chegou. Ela nasceu com esperança, como se tivesse sofrido uma amnésia total da noite anterior, quando Nikki, Shawn e Janet haviam decidido animadamente que tínhamos que comer comida do Hamburger Hamlet no jantar. David, acostumado com a grande arte da culinária francesa e com restaurantes muito especiais servindo

174

comidas tradicionais que nunca havia passado por Atlanta, Georgia (é de lá que vêm a maioria das coisas congeladas, de Atlanta, Georgia), ficou completamente horrorizado e tombou num desânimo tão profundo que nada seria capaz de resgatá-lo.

Os Hamburger Hamlets em West Hollywood e Beverly Hills eram até decentes, para Hamburger Hamlets. O de Palm Springs era uma farsa, não valendo nem a cartolina onde era impresso o menu. No Tandy's, na noite anterior, a comida estava quente — uma qualidade que esqueci que poderia faltar, com tudo o mais que estava errado por lá. As batatas fritas no Hamburger Hamlet de Palm Springs ainda estavam congeladas.

Como eu sempre digo, o sol nasceu no domingo deixando o passado ficar congelado no passado.

Eu acordei e descobri que Shawn já tinha saído.

Ele desconfiava, desconfio, de que eu estava de complô com David mesmo que David tivesse agido como um completo escroto na noite anterior, mancando como o Capitão Ahab em suas muletas pela inegavelmente linda rua principal de Palm Springs no crepúsculo, murmurando, "Eu odeio essa merda de lugar. Eu *odeio*."

Naquela altura, todo mundo estava tentando convencê-lo a não ir embora. Provavelmente pela mesma razão que eu, mas talvez Nikki e Shawn tivessem mesmo pensado que um belo dia naquele sol interminável seria super agradável para alguém como David, que já estava indignado pela simples segurança capitalista que um lugar como Palm Springs representava. Todos os pretos e mexicanos em Indio estavam comendo decentemente. Palm Springs equivalia aos sapatos Gucci e, no fundo, provavelmente por causa da atitude similar de meu pai em relação ao lugar, eu estava do lado de David.

Shawn, contudo, tinha nenhum preconceito hereditário encravado e estava se divertindo muito observando as pessoas ricas e suas lojas.

Eu me vesti depressa e passei pelo matagal deslizante, minhas mãos como as de um cego tentando checar a existência de vidro, e achei Shawn sozinho na cozinha, tomando café solúvel (o único tipo que ele sabe fazer) e parecendo desanimado. Foi aí que ele confessou que sentia saudades de maçanetas. "E além disso, olhe ali...", ele fez um sinal para David, que, eu via, às oito da manhã, curvado sobre uma mesa com suas muletas, falando em um telefone branco. Eu entreouvia mais uma conversa que ele estava tendo com um amigo de longa distância sobre a chave de roda na garagem e "Como é que ela pôde fazer isso comigo?"

"Ai, Deus...", disse Shawn. "Só queria que ele calasse a boca."

Foi a única vez que vi Shawn ficar entediado pelo sofrimento. Normalmente, ele secaria os pés de um leproso com o próprio cabelo; sempre tive medo de que ele acabasse me deixando, não por alguém mais bonito ou rico, mas para realizar algum ato cristão de reparação, como os personagens chamados Sebastian em romances britânicos, que sempre se davam muito bem em Oxford, se desfaziam de toda prudência romântica e acabavam como assistente de enfermagem em hospitais católicos de Beirute.

Mais tarde, observei Shawn nadar e queria que ele me beijasse, mas, quando pedi, ele beijou meu pé. Eu desejei a morte. Não gostava que nossos beijos fossem tratados como piada e era péssimo estar ao lado de David, mas eu *tinha* que ficar lá. Eu me sentiria como uma traidora do meu pai, se me desse o luxo de aproveitar todos aqueles prazeres, que sabia terem sido fruto do suor de trabalhadores mal pagos. As massas.

"Podemos ir embora cedo?", perguntei a Shawn naquela manhã.

"Não", respondeu. "Eu não. Eu gosto daqui. Nunca consigo pegar sol e é o que mais gosto de fazer."

Às nove horas, Janet apareceu ligando o toca-discos. Nós todos conspiramos contra ela e a obrigamos a desligar, e o som não voltou até que Nikki, às dez, distraidamente pusesse Jimmy Cliff para tocar a caminho da cozinha.

Ela deve, pensei, de verdade, de verdade mesmo, me odiar. Eu tinha trazido esse David que resmungou a noite e o dia inteiro sobre tudo, lançando uma atmosfera melancólica, mancando para cima e para baixo, nos lembrando de que há um mundo lá fora e de que não estamos a salvo, nem aqui, nesse local. Porque mesmo que as horas tivessem nos atropelado no sábado, ainda estávamos em um limbo glorioso. Mas agora o fim de semana de paz que Nikki esperava tinha sido estraçalhado por tudo que envolvia David... Quero dizer, eu conseguia lidar sozinha com o rock and roll e a comida porcaria, mas fazer isso na frente de um homem parecido com meu pai era difícil demais. Então lá estávamos nós, eu e David, odiando a música e a escolha de restaurantes e arruinando o final de semana.

Janet era maravilhosamente imune a tudo. Estava feliz por estar ao sol; ela nunca notou David por um segundo, exceto para me dizer depois, "Eu soube no momento que o vi com a maleta e aquelas roupas que ele não estava com saco algum para o deserto." (Problemas com o automóvel tinham atrasado os dois.)

Então, quando Nikki deslizou a porta e saiu em direção às piscinas, não foi nenhuma surpresa para mim ela empurrar a espreguiçadeira o mais longe possível da gente, ficar por lá o dia inteiro, ela só falou com Shawn porque ele a convenceu a jogar gin rummy. Um milagre, pensei.

Virginia Woolf não pode estar certa. Nada pode sair desse impasse social insano. Eu queria escrever uma história sobre Palm Springs que fosse sexy. Eu queria uma história pacífica, pelo amor de Deus. Agora estava presa em um romance em crise: Shawn beijando meu pé, em vez da minha boca.

Uma vez, durante o dia, tentei usar o resto de energia que tinha para animar as coisas. Tomei um banho, penteei o cabelo em um coque alto austero (ao que Nikki questionou por que eu não o fazia, enquanto virava de novo em estado hipnótico as páginas invernais da *Vogue* italiana — ela disse que o penteado me daria um "look inteiramente novo"). Então tirei a franja abundante da testa, minha gigantesca testa, herança genética paterna, que eu só expunha quando estava escrevendo e não aguentava cabelo na cara. (Quando tinha dezenove anos, estava na companhia de minha irmã de dezesseis num mercado, testa livre à vista, e um homem perguntou se ela era minha filha.) Shawn estava sempre implorando para que eu tentasse um visual mais clássico mostrando a testa, então, pensei, Talvez algo frívolo e curioso como colocar maquiagem, usar brincos e uma roupa de algodão limpinha — talvez isso faça todo mundo se sentir melhor.

Levei um bom tempo, aplicando uma sombra turquesa clara com rímel roxo escuro. Eu cheirava a Le De Givenchy. Meu batom era de três cores diferentes (mesmo que Shawn nunca fosse apreciar). Fiquei mais e mais feliz comigo. Estava parecendo uma condessa italiana. Um arraso.

Senti como se estivesse flutuando ao sair da casa de hóspedes e saltitei pelo cimento branco até a sala principal. Eu me assegurei que não iria dar de cara com a porta de correr e vi Shawn e Nikki e Janet lá fora na piscina, e antecipei, naquele ponto quase com alegria, que aparição seria. Que quebra na monotonia.

David, eu vi, estava sentado no sofá lendo, sinistro, o *Los Angeles Sunday Times*. Ele olhou para cima por um momento quando passei e disse, "Que horas vamos embora?"

Ele nem... Eu passei direto, perfumada dos pés à cabeça, segura e diáfana, e murmurei em um tom leve e bondoso, "Cala a boca."

Foi a gota d'água para David. Era tudo que ele precisava. Uma piada.

"Nunca me diga para calar a boca!", rosnou. "*Nunca* diga a *mim* para calar a boca. Como ousa me dizer para calar a boca!"

"Sinto muito", disse eu. "Eu peço desculpas. Não sei quando vamos embora. Eu queria estar morta."

Eu saí, então, para as piscinas, abalada — e não só isso, mas tinha de verdade esquecido da minha aparência.

"Ooooooooo", disse Nikki, "que bonita! Ah, está tão bonita. Ah, você *deveria* usar seu cabelo dessa maneira. É tão... Não sei. Bonito."

Janet e Shawn também foram gentis, mas senti que dentre todos os dias podres de minha vida, esse em Palm Springs seria provavelmente o pior. De uma maneira frívola, é claro.

Às três e meia, o sol desapareceu por trás da montanha e Shawn concordou que podíamos finalmente ir embora. Eu estava *tão* pronta. Estava pronta desde às onze da manhã. Até mesmo arrumei as coisas de Shawn. Coloquei todas as nossas coisas organizadas ao lado da entrada principal. Minha última esperança era a de me sentar ao lado de Shawn no caminho para casa. David se sentaria no banco de trás com seus resmungos e sua perna, que eu esperava que gangrenasse, e assim poderia ficar mais ou menos sozinha com Shawn na frente, ele faria piada do final de semana e eu estaria salva. Então, dei um beijo em Nikki (que não recuou, um ato de autocontrole extremo, pensei) e me despedi de Janet — elas iriam para casa juntas mais tarde e suspirariam de alívio com nossa saída. A simples constatação de nossa ausência absoluta provavelmente as encheria de gratidão a Deus. Tentei não correr até o carro.

David já estava lá. Shawn estava se despedindo de uma forma encantadora, que faria com que ele fosse sempre adorado, pois a elegância social era a sua *raison d'être*.

"O que acha de sentar no banco de trás?", perguntou David.

"Péssimo", respondi.

"Bom, acho que você vai ter que repensar, porque esse gesso não cabe no banco de trás."

"É como uma daquelas histórias horríveis da *New Yorker* dos anos trinta", disse minha amiga Irene Kamp. Na segunda, decidi telefonar para Nikki e humildemente me desculpar por estragar o final de semana e destruir sua vida. E Nikki ficou tão feliz pelo telefonema que pude *escutar* a surpresa e o alívio em sua voz. Ela disse, "Pensei que todos vocês me odiavam. Foi por isso que fiquei no meu quarto até às dez. Pensei que estavam todos me odiando e falando de mim, dizendo como eu era horrível."

"Ou seja", inquiri, "você que achou que todos nós a odiávamos por nos convidar a pegar um sol de um milhão de dólares e que nós tínhamos decidido não desculpar você por isso?"

"Não era bem assim que eu encarava", disse. "Só achava que você tinha ficado com raiva de mim por ter enganado vocês sobre Palm Springs, por fazer você achar que ia gostar. Veja só, realmente gosto, de verdade. Mas sei que induzi você a ir comigo."

"Ai, Deus, Nikki...", disse.

E a gente lentamente começou a conversar sobre outras coisas, especialmente sobre minha testa, que Nikki achava que deveria sempre pôr para jogo. Mas eu sabia que não o faria.

A paz que alguns dizem encontrar em toda aquela areia nunca vai acontecer comigo em Palm Springs, por mais que eu sonhe com um ar quente, escaldante e tão impiedoso que nem é preciso respirar ou pensar.

Às vezes, quando Shawn está em paz com arco-íris em cores pastel nos cobrindo, ele coloca a mão em minha coxa e diz suavemente, "Ah, sabe? Um dia temos que voltar... Você acha possível? Palm Springs. Eu amei estar lá com você." Os fatos duros como granito já se dissolveram na história que eu gostaria de contar sobre o deserto, noites quentes e piscinas sensuais; para Shawn, a brancura dos ossos já se tornou romance.

EMERALD BAY

O céu estava quente e claro, sem poluição, e a autoestrada estava vazia dos apressadinhos de sexta à noite. Os carros que viajavam a nosso lado levavam apenas pessoas mais lerdas que se locomoviam para o sul nas manhãs de sábado. Não importa quantas vezes digam que sair da cidade faz bem, você nunca acredita porque, enquanto está na cidade, nada parece tão ruim assim. Mas quando entramos no sentido sul na rodovia de Santa Ana (eu não deixo Shawn tomar a rodovia de San Diego porque é feia demais para descrever em palavras ou para percorrer em viagens de férias, mesmo sendo uma forma bem mais rápida de chegar a Laguna), camadas de distração foram afastadas de cena como a mobília do cenário de uma peça de teatro ao final de uma cena. Laguna seria o próximo ato, na seção estranha e exclusiva chamada Emerald Bay.

"Emerald Bay...", eu havia dito quando Shawn sugeriu que fôssemos. "Quão auspicioso."

"Quão o quê?", ele riu.

"Você não pode sair por aí chamando lugares de 'Baía da Esmeralda' e achar que vai sair ileso. Os deuses vão sair do mar e envenenar a comida."

E o que é que Shawn e eu estávamos fazendo longe de nosso habitat *avant-garde* natural? Especialmente Shawn, que nos últimos tempos, antes de começarmos a ir a Laguna e nos apaixonarmos, costumava ir a toda festa existente. Lá estaria ele. Sorrindo. Não que eu o visse em *todo lugar*, mas eu ouvia dizer que ele estava em todo lugar. Era o primeiro a ser convidado. Conhecia pessoas em todo tipo de lugar e de todo tipo de perfil, mas preferia aqueles que tinham simpatia por festas. E que tinham dinheiro.

Ele sempre parecia maravilhoso em uma festa, como um príncipe caça-dotes de Henry James — fraco e gentil — e casando-se com a herdeira de Poughkeepsie e mostrando valer a pena todo centavo que ela tinha gastado nele só por ser um ouvinte tão atento. Como ele ficava naquelas calças brancas e blazers azuis era um algo mais. Esbelto e sorridente com dentes brancos e simpatia. Shawn sabia o aniversário de todo mundo. (Era a única coisa nele que era minimamente organizada, ligar para as pessoas em seus aniversários. Elas chorariam se ele esquecesse.)

Eu era uma filha da puta maldosa e difícil com um gato que, segundo os boatos, mordia homens. (E o gato realmente *mordia*.) Eu morava em uma rua no meio de Hollywood com uma abundância de palmeiras e pores do sol laranjas por trás de galhos de jacarandás. Shawn está sempre tentando amenizar as coisas e eu estou sempre tentando gerar o caos.

"Mas como é que vai acabar?", ele se preocupa, às vezes, comigo.

"Quando nós todos morrermos!", explico.

"Ah...", ele diz.

Ele fica um tanto frustrado comigo de vez em quando e se limita a dizer coisas como, "Seria bom para sua *alma* se você tentasse se dar bem com sua avó."

"Minha *alma*!", eu solto o garfo e sinto lágrimas escorrendo pelo rosto. "O que você sabe sobre almas? Você nunca sente *nada*!"

Ele olha ao redor, ansioso; pessoas sentadas nas proximidades no restaurante ficam com as orelhas vermelhas, mas seguem encarando o prato com determinação. Talvez no começo Shawn me considerasse um desafio. Talvez sentisse que poderia me mostrar o caminho para a sociedade educada e gentil.

Eu estava de alguma maneira mais simpática naquele sábado do que no último ano inteiro. Meu livro havia sido publicado, e isso tinha me colocado fora de alcance de muitas perguntas burras do passado e no território de perguntas burras totalmente novas. Mas eu não estava tão acostumada com essas novas perguntas burras, então quando homens que um dia eu até poderia ter considerado coroas sábios me perguntavam "Como você escreve?", eu não ficava tentada a derramar vinho tinto em suas calças de camurça, só abria um sorriso e dizia, "Em uma máquina de escrever pelas manhãs, quando não há nada mais para fazer."

Em 15 de abril de 1976, eu li no *Los Angeles Times* que Phil Ochs seria cremado. (Eu nem sabia que ele estava doente.) E aí descobri que ele tinha se *enforcado*. A notícia dizia que ele reclamou com um amigo que estava deprimido e "não conseguia escrever". Fazia anos que ele vinha reclamando que não conseguia mais escrever. Eu achava que ele escrevia melodias tão bonitas que dava para nadar nelas. E então ele havia cometido uma violência dessas contra si mesmo, colocando uma corda em volta do pescoço, se *enforcando*, aos trinta e cinco anos de idade. Estilo cidade de Nova York, preto e branco. Nenhum acidente. Sem se arriscar.

Shawn e eu passamos pela saída em Garden Grove e toda L.A. pareceu desaparecer por trás da gente. O Oldsmobile de meia-idade de Shawn tinha todo o conforto de uma casa, as luzes do porta-luvas funcionavam, navegação tranquila. A enorme parte de Shawn que tinha se formado antes dele se mudar para a costa, aquela infância em Charleston, tornava impossível para ele ter um carro que não fosse tão americano quanto uma limonada. Seu perfil estava silhuetado contra o verde violento das folhas das laranjeiras que cresciam em pomares ao lado da autoestrada. Árvores de frutas cítricas são tão verdes que parecem alucinações de mescalina, até em Bakersfield.

A saída para o Laguna Canyon Road veio meia hora depois, e nós diminuímos a velocidade pela montanhosa e velha via de mão dupla, eu me lembrei, de repente, de minha adolescência e de antes. Balboa e praias de Newport, aonde outras pessoas iam, tinham sido consideradas demasiado vulgares e náuticas para meu pai, e nós sempre ficávamos, em vez disso, em algum chalé coberto de mato em Laguna. Apesar de ser uma colônia de artistas fajuta, Laguna era simplesmente irresistível — com ou sem as lojas de cerâmica. Galerias de arte idiotas inspiravam roteiristas de televisão a sugerir roteiros de Perry Mason sobre fraudes artísticas à beira-mar. Mas havia colinas floridas e cavalos e vacas, e meu pai não conseguia resistir, então ele usava a desculpa perfeita — de que era perto — e partíamos para Laguna.

Durante uma viagem de Páscoa, meu pai se sujeitou a uma semana de adolescentes à la Bill Haley para que eu pudesse ficar no meio dos acontecimentos. Mas até os adolescentes que iam para Laguna eram comedidos comparados aos bagunceiros que iam a Bal. (Balboa era tão cheio de jovens que a ilha inteira ficava abarrotada de carros tocando rádio em um volume altíssimo.) Eu não era muito boa nessa coisa de ser adolescente: na semana de Palm Springs, meu dente siso ficou sangrando o tempo inteiro; durante a Páscoa em Laguna fiquei gripada e dormi por quatro dias.

Shawn e eu entramos em Laguna pelos fundos, da maneira que você chega a Cannes e outros balneários litorâneos. Em Cannes, o porto parece se escancarar à sua frente, mas em Laguna isso não acontece até o momento que você está quase lá, aí é que você vê o oceano, que parece, consequentemente, estar no meio do centro da cidade. Um momento é trânsito e lojas, no outro é voleibol e o Pacífico azul.

Uma das minhas primeiras fantasias românticas era que, quando eu crescesse e pudesse ter tudo que queria, teria um acompanhante masculino adorável que dirigiria um conversível dos anos trinta e nós rodaríamos pela Riviera Francesa ou subiríamos até Santa Barbara ou desceríamos para Laguna Agora eu estava crescida e tinha sido capaz de persuadir homens a me levar ao Russian Tea Room pelo caviar, ao Plaza para almoço, para o Via Veneto pelo Campari e sodas, ao Coronado Hotel para aproveitar a sopa de aspargos — mas eu nunca tinha conseguido nenhum, nem *um* homem para me levar a um final de semana aconchegante à beira-mar. Já fazia tempo que eu dispensara a parte do conversível ou do adorável. E, lá com Shawn, era mais ou menos um sonho realizado porque ele era adorável e dava para igualar o bom carro americano que ele tinha com o bom carro americano de minha fantasia.

"Eu *sempre* quis fazer isso", disse a ele. "Você é maravilhoso." (Aprendi que dava para dizer coisas como essa a Shawn sem que ele desaparecesse.)

Nós desaceleramos tanto que parecia que estávamos nadando por baixo da água, o céu estava tão azul, todo o resto, um âmbar de outubro ou verde. Como nos filmes, ele de repente pegou a minha mãozinha em sua grande e áspera e era exatamente como o amor. Era pacífico. Eu não estava acostumada a coisas pacíficas com um homem.

No lugar em que a Laguna Canyon Road desemboca na praia e de repente na água, nós viramos ao norte e dirigimos algumas quadras, deixando para trás o restaurante Victor Hugo, onde eu e Shawn depois levamos Jo uma tarde para tomar três margaritas cada um. Depois do Victor Hugo, à direita, tinha um guarda armado dentro de uma guarita, controlando uma barreira de entrada elétrica. Sob o arco (que dizia EMERALD BAY) o guarda se certificava de que você não entrasse sem um passe ou um adesivo no carro para provar que você morava lá. Não existiam, pensei, surpresas de fora em Emerald Bay. E para ter certeza de que você não faria algo inesperado lá dentro, eles haviam instalado lombadas no asfalto pela estrada tortuosa e montanhosa para garantir que ninguém passasse de vinte quilômetros por hora. "Quebra-molas", Shawn me disse que era assim que chamavam, e eu achei graça do nome.

As casas em Emerald Bay não eram ostentosas; eram pequenos "chalés" diretos de um sonho que não saíam por menos de duzentos e cinquenta mil dólares cada, mas pareciam modestos e retraídos. Eram como aquelas mansões mediterrâneas de filmes hollywoodianos, agrupadas organizadamente acima de Positano. Tudo, as folhas nas árvores e o gerânio e as heras, era tudo tão limpo quanto poderiam ser. As casas estavam polidas em um brilho refinado; todo reparo era feito antes que você pudesse dizer Jack Robinson. Folhas mortas deveriam ser removidas das árvores antes de secarem para que ninguém precisasse pensar em coisas secando e caindo no chão em Emerald Bay. Nenhuma noção desagradável. Eu não podia acreditar nos meus olhos quando vi pela primeira vez uma buganvília cor de pêssego destacada contra uma parede branca — pensei que já tinha visto de tudo, mas cor de *pêssego*! Tão flagrante e selvagem contra o céu quente. Shawn continuou a dirigir pela estrada tortuosa, devagar, por causa dos quebra-molas.

Jo e Mason Marchese eram velhos amigos de Shawn de Charleston, onde Mason tinha sido um executivo em uma firma de eletrônicos. Quando se aposentou, dois anos antes, eles se mudaram para Laguna porque tinham vindo para cá há trinta anos, na lua de mel, e juraram retornar um dia e construir uma casa. Quando Shawn olhava para pessoas, ele via coisas maravilhosas nelas, e seu rosto às vezes entrava em transe, como se estivesse apaixonado. Se conversasse com alguém por mais de quinze minutos, era tempo suficiente para ele se enamorar profundamente, mas naquele momento eu não sabia disso, então fiquei um pouco surpresa com o tom reverente de Shawn quando ele me disse, "Eu tenho certeza de que você vai amar Mason. Ele é o rei. De tudo que a vista alcança."

"Ele é o quê?", perguntei. De onde estávamos, tudo que a vista alcançava era uma pequena abertura entre dois morros que dava para o mar em uma baía privativa verde como esmeralda que logo se tornava azul como lápis-lazúli.

Shawn parou o carro na entrada da primeira casa que vi que não era histérica em relação a perfeição. Tinha flores silvestres crescendo em volta da caixa de correio por descuido, por exemplo. A porta da frente se escancarou e de lá saiu Jo Marchese radiante por ver Shawn (e desconfiada de mim). Fomos puxados para dentro com cumprimentos ruidosos e recriminações ruidosas por não termos chegado na noite anterior. Jo Marchese era uma mulherzinha do Meio-oeste que havia sido escultora a vida inteira, não arredando o pé mesmo casada com um homem que era constantemente transferido pela empresa para lugares como St. Louis e Oklahoma City. E é claro, todo mundo ama Mason — ele é como Laguna; quem poderia resistir?

Mason sorria e era bonito demais de uma maneira fácil e aberta, meio napolitana. Eu sempre me dou bem com homens como Mason porque eles nunca fazem perguntas burras, e, de qualquer maneira, não era de se admirar que Shawn estivesse tão encantado por ele, o cara era simplesmente deslumbrante. Tinha cabelos grisalhos cacheados, bigode grisalho e olhos verdes. Ele não resistia à tendência de camisas floridas havaianas, e fiquei grata porque era muito bom ver aquelas camisas com seu par ideal. Ele tinha uma linda voz, e uma expressão, quando ele ficava o mais sério que conseguia ficar (mesmo que não fosse tanto assim), parecida com a de William Shakespeare.

Na maior parte do tempo, Mason lembrava o rei benevolente dono de tudo que a vista alcançava, e mais tarde, quando vi as pessoas que o procuravam com todo tipo de demanda, desde carros até problemas fiscais, era como observar um padrinho mágico distribuindo respostas e conselhos com uma despreocupação bem-humorada. Shawn queria que ele fosse seu pai. E Mason, aparentemente, não via motivo para não ser. Então, virei a amante-nora.

("Estou completamente feliz", ele me disse quando se mudaram para a nova casa, que pairava acima do oceano. "Eu não poderia ficar mais feliz. Tenho tudo que eu sempre quis bem aqui." Em vez de descobrir que não queria tudo o que sempre quis, como a maioria das pessoas, Mason estava, de fato, completamente feliz.)

Mas Jo era a especialidade de Shawn, sua amiga particular, e eles pareciam florescer em uma guerra constante, um cabo de guerra, e uma discussão de horas e horas sobre o sofá. (Ela *ainda* precisa comprar esse sofá novo e eles andam olhando anúncios desde que consigo me lembrar.)

Mas naquela primeira tarde tudo que eu sabia era que eles amavam Shawn e moravam em um lugar estranho. Não pareciam o tipo de gente que procuraria tamanha exclusividade; pareciam mesmo não se importar com algumas folhas mortas.

Nos disseram para descer e nadar, que eles tinham que sair por algumas horas e que estariam de volta a tempo de se arrumarem para ir à reunião organizada por Beth Nanville.

"Ahhhh...", Shawn disse, sua cara mostrando decepção. "*Temos* mesmo?"

Parecia que Mason também preferiria não ir, mas de um jeito bem disfarçado e apenas por um momento, porque Jo estava logo dizendo, "Agora você sabe, Shawn, ela é minha melhor amiga. Com quem eu conversaria nesse lugar ridículo se ela não estivesse aqui?"

"Ok", resmungou Shawn, como um menininho. "Se não tem jeito."

Shawn e eu colocamos roupas de banho e passamos por mais quebra-molas por mais ou menos um quilômetro e meio de vias privativas de Emerald Bay, que iam por baixo da Pacific Coast Highway e nos levavam a um estacionamento privado ao lado de uma praia particular.

"Caramba", falei, "olha toda essa gente branca."

Tinha um monte de *goyim*: eu era provavelmente a única judia de coração negro no meio de uma abundância de cabelos lisos e loiros de Clairol, biquínis de xadrez vichy, toalhas de praia do Snoopy, e jovens casais aparentemente estremecidos, que estavam lá para visitar a família no paraíso da aposentadoria que é Emerald Bay — um local que ninguém conseguiria bancar antes de ficar velho demais, com exceção dos Marchese, que se mudariam assim que a nova casa estivesse pronta.

Shawn nunca sabe o que dizer para esse tipo de gente rica, os filhos dos ricos entediantes. Com os pais, as mães principalmente, ele se dá bem, mas os filhos, até aqueles da idade dele, não compreendem seus modos e sua voz suave.

Nós nos afastamos deles o máximo que podíamos e nos deitamos. De tempos em tempos, as vozes distantes de jogadores de voleibol chegavam na gente, mas em geral estávamos sozinhos e em silêncio com o oceano. Eu me entreguei à situação gradualmente; estávamos em Orange County, então é claro que qualquer coisa fascinante, uma nova ideia, uma inovação, era mantida para fora dos portões. Nenhuma arte. Era muito relaxante, pensei depois de um tempo, estar num lugar onde não poderia haver surpresas e muito relaxante estar com Shawn, que caiu no sono no segundo que nos deitamos. Eu me deixei levar, observando a água até Shawn acordar e se sentar ao meu lado, tirando a areia de minhas costas e depois mantendo sua mão por ali.

"Esse deve ser o ápice de um certo aspecto da civilização ocidental", murmurei.

"O quê?", perguntou.

"Esquece", disse. Não importava que não houvesse arte ou pensamento; isso ficava para trás com o guarda no portão de entrada.

Retornamos à casa dos Marchese a tempo de nos trocarmos e nos juntarmos a eles na descida de mais ou menos um quarteirão até a casa dos Nanville. Shawn tinha me contado que Beth Nanville não gostava tanto dele, que pensava que ele era uma perda de tempo e que nunca entendeu por que Jo gostava dele. Eu nunca tinha ouvido falar de alguém que não gostasse de Shawn antes.

Os Nanville moravam em uma casa de pinho. A vista do oceano era espetacular, mas as roupas que usavam, assim como as de todos os outros, exceto nós, eram deliberadamente feias, com caimento pouco lisonjeiro. Mas bem-feitas, se é que você me entende. Era suficiente para baixar o astral. Nós *poderíamos* estar no meio de um filme sobre Positano com donzelas embelezando a paisagem com cachos grossos, jasmim e canções — e ainda assim em Emerald Bay os homens tinham licença para exibir um crocodilo, um pequenininho em suas camisas (embora Mason tenha ignorado e ido com flores havaianas, porque ele era mesmo o rei). As mulheres tinham permissão para listras e estampas, mas só em cores que as apagavam e davam a elas uma aparência esverdeada. E só em estilos que tiravam a atenção dos seios e quadris e traziam o foco para penteados com laquê, curtos e encaracolados, nos quais elas tinham investido vinte dólares e uma tarde, garantindo que não parecessem convidativos ao toque.

Não havia livros na casa nem pinturas nas paredes. Havia fotografias dos filhos dos Nanville, um menino e uma menina. E esculturas.

Meu senso de humor acabou em dois minutos e corri para a cozinha exigindo algo para fazer, como o molho da salada. Provei uma folha de alface e assumi a missão de fazer o molho da salada imediatamente. Tudo estava lá, o óleo, o vinagre, e sal e pimenta. (Nada que parecesse alho, claro, porque provavelmente não existe alho em Orange County fora da casa dos Marchese.) Beth Nanville tentou me desencorajar, mas eu não ia voltar para aquela sala de estar sem ter tomado uns dois drinques, e ela não tinha o que era necessário para me fazer prestar atenção nela.

Era idêntica a todas as outras mulheres na sala, talvez intercambiável com todas, à exceção de Jo. Usava o mesmo penteado intocável, o mesmo batom rosa-choque, o mesmo olhar terrivelmente vago que ficou mais confuso quando lhe contaram que, além de ser a namorada de Shawn (ela achava que Shawn era gay, e como é que ele poderia estar comigo se era gay?), eu também era escritora. "Uma escritora?", disse. "Que interessante."

Ela sempre usava cores sem expressão, azul-claro e mostarda, e eu a coloquei na minha categoria de "Mulher Vazia Segurando a Barra", pois sou rápida para categorizar e isso me economiza montanhas de tempo. Descobri mais tarde que à sua maneira particular, ela praticava uma versão estranha de lealdade; comprava todas as esculturas de Jo (a única arte na casa) e, depois de me conhecer, comprou dez de meus livros. Mesmo sendo eu a namorada de Shawn. Eu acho que era tão esnobe que sentia que Deus só permitia coisas da maior qualidade em sua vida, caso contrário elas não estariam ali. Talvez. Na verdade, não consigo imaginá-la comprando dez dos meus livros por mais que eu tente entender. E para quem, dentre seu grupo de amigos, ela os *presentearia*?

Scatter Nanville era o marido de Beth. Como alguém poderia se chamar Scatter está fora de minha capacidade de compreensão, mas era assim que se chamava, e ele tinha uma voz de aluno de escola particular, então presumi que era um daqueles apelidos bobinhos. Passei muito tempo na salada, tomei duas taças de vinho branco, e finalmente me aclimatizei o bastante para levar a terceira taça para a sacada e assistir ao pôr do sol.

Shawn apareceu lá na mesma hora, dizendo, "Graças a *Deus*. Onde *estava* você? A Sra. Scott ficou me contando sobre a sua histerectomia pelos últimos dez minutos!"

"Isso que dá ser tão legal", retruquei. "Olha..."

O sol se ponha como se fosse o começo do mundo e tudo estava muito pacífico, afinal de contas, eu estava ali com Shawn. Não me importava tanto que todo mundo fosse tão horrível e genérico tipo Nixon, porque isso meio que isolava eu e Shawn em nossa própria ilhazinha. Mason apareceu com o primeiro drinque ainda cheio no copo (era a única pessoa em Emerald Bay que não estava bêbada quando dava sete horas da noite). Ele ficou parado ao nosso lado, assistindo ao pôr do sol.

"Vem aqui com frequência?", perguntei a ele, discretamente lasciva.

"Não sei porque ela sempre faz essas coisas", respondeu ele. "Ela odeia cozinhar."

"Deve ser ótimo ter seu próprio quebra-molas", retruquei.

"Nossa casa vai estar pronta em uns dois meses", disse Mason. "Você e Shawn estão convidados a nos visitar quando quiserem."

"Eles não sabem que estão morando ao meio *disso*?!", perguntei a Shawn na noite seguinte enquanto dirigíamos de volta a L.A. "Ou faz parte do preço fingir que não está acontecendo? Quer dizer, até reis e rainhas apreciam a paisagem. Mas aquelas pessoas agem como se só fosse aceitável estar trancada e com tudo polido à perfeição, ficam preocupados em como tudo precisa ser impecável em vez de olhar a baía ou o pôr do sol."

"Eu sei...", comentou Shawn. "Mas eu gosto mesmo assim." (Está vendo como ele é?)

Shawn e eu retornamos a Emerald Bay mais três vezes antes dos Marchese se mudarem para sua maravilha à beira do penhasco construída por eles ao sul de Laguna, na solidão e na rocha. De vez em quando, os Nanville apareciam, e toda vez eu tinha que ficar grudada a Shawn para conseguir distinguir Beth de uma parede. Por gostar tanto de Jo naquele ponto, senti que poderia falar qualquer coisa, então, uma vez perguntei, depois de Beth ir embora, o que ela via em Beth, sua "melhor amiga".

"Beth e eu crescemos juntas", ela me disse. "Somos amigas desde garotas. Ela sempre foi a coisa mais bonita que eu já vi."

"Beth?", perguntei. Quer dizer, Jo sabia o que era bonito — dava para perceber por sua arte. Mas Beth era invisível.

"Nós andávamos na chuva juntas quando éramos meninas", contou ela em um tom sonhador. "Nada jamais substituirá isso."

Quando Jo e Mason se mudaram para a casa nova, Shawn e eu já tínhamos criado o hábito tranquilo de estar a caminho de lá no máximo em dois segundos após as coisas ficarem minimamente complicadas. Qualquer compromisso social urgente nos encontrava fora de casa. O oceano batia sob nossa janela e isso deixava Shawn louco de desejo, enquanto para o resto do mundo era como uma canção de ninar. Dava para ver a ilha de Catalina e a de San Clemente, que era bem longe.

Jo cultivava orquídeas e prímulas; Mason cultivava manjericão e abóbora. A casa deles ficava em uma estrada difícil, mas não tinha nenhum guarda armado, e as folhas caíam no chão quando estavam mortas. Baleias se locomoviam ao sul na primavera e todo mundo era apaixonado por baleias. Eu nunca consegui ver uma, mas confio na palavra deles de que elas existem, as baleias, mesmo se no momento em que consigo focar os binóculos, tudo o que há para se ver seja água cristalina.

Uma vez, quando Beth Nanville apareceu na sala de estar e eu estava num humor inspirado por Shawn, decidi memorizar seu rosto para reconhecê-la da próxima vez que a visse. Porém, quanto mais eu tentava achar algo para fixar, mais borrada ela ficava.

Eu não entendi o que significava quando Shawn me telefonou uma noite dizendo que tinha que ir a Laguna para ficar com Jo porque Beth tinha acabado de cometer suicídio. Uma overdose monstruosa de Seconal, nenhum bilhete, uma porta trancada que Jo teve que arrombar, uma respiração boca a boca que salvou a sua vida por nove dias, mesmo que seu cérebro já estivesse morto. Ela nunca voltou. *Eu* certamente não conseguiria ter vivido a vida que ela estava vivendo, tão apartada, vazia e limpa.

E na vez seguinte que Shawn e eu fomos até lá, não consegui, a princípio, entender por que os olhos de Jo estavam tão vermelhos, como se ela tivesse chorado. Eu tinha me esquecido completamente de Beth.

Mas, quando eu e Jo estávamos sozinhas na cozinha, ela me disse, "Eu sabia... Nos últimos seis meses eu simples-

200

mente *sabia*... Ela andava cada vez mais distante. Eu a vejo parada lá — observando seu corpo envelhecer no espelho e decidindo que estava velho demais, imperfeito demais e que ela iria liquidá-lo. Sabe, ela não conseguia aguentar nada que fosse velho."

Eu tentei imaginar essa mulher, cujo rosto eu não me lembrava, parada nua diante do espelho, com a baía esmeralda por trás.

"Ela sempre gostou de você, sabe?", continuou Jo. "Ela não gostava de muitos jovens, mas gostava de você. Não que tivesse superado aquele episódio do molho de salada."

"Ah...", disse. Não conseguia lembrar, mas de repente me veio.

"Molho de salada era sua especialidade. Diziam que ela fazia o melhor molho de salada em Emerald Bay."

"Ah, não...", disse.

"E o problema era que ela já tinha feito o molho da salada quando você chegou. Já estava *na* salada."

"Ai, Deus..."

Eu queria, agora, conseguir me lembrar de seu rosto ou do som de sua voz. Mas as únicas coisas que me lembro são que ela deixou para os filhos dois milhões e meio de dólares no testamento e que, quando provei a alface, tinha a certeza de que não havia nada nela.

Agora que os Marchese moram ao sul, quando chegamos na parte da Laguna Canyon Road que desemboca na água, nós viramos para o sul, não para o norte. Então nem precisamos passar pela entrada de Emerald Bay, com seu portão modesto, fácil de se ignorar. E, agora que estou pensando nisso, mal consigo me lembrar da aparência do lugar — só que as folhas eram muito limpas, que havia aqueles quebra--molas, e que eles não corriam risco algum. Era difícil acreditar que Beth Nanville tenha algum dia andado na chuva com Jo, mas isso deve ter sido há muito tempo atrás. Os riscos é que são lembrados.

THE GARDEN OF ALLAH

Eu vi Gabrielle numa noite dessas usando uma jaqueta militar e caçando durante um vernissage *num museu. Eu perguntei se ela se lembrava do Cérebro do Coiote, ela estourou a bola de chiclete e disse que não sabia do que eu estava falando. Ela estava com Edward Sanford e, quando perguntei a ele onde estava sua esposa (a subsequente), ele respondeu que achava que provavelmente no Quênia. Gabrielle provavelmente "desapareceu" com ela também.*

Desde que The Garden of Allah foi demolido e suplantado por uma respeitável instituição bancária voltada a poupança e empréstimo, as fúrias e os fantasmas atravessaram Sunset em direção ao Chateau Marmont. O Garden of Allah era originalmente a mansão de Alla Nazimova, uma grande estrela do cinema mudo, até a noite em que um incêndio tomou conta de Laurel Canyon, e ela foi obrigada a decidir o que queria salvar de sua grandiosa casa — o que, de fato, queria preservar. E, de repente, ela se deu conta de que as chamas poderiam consumir tudo o que possuía, o que a faria se mudar para Nova York de uma vez por todas; não faz o menor sentido ter coisa alguma em Hollywood, e assim ela teve uma premonição curiosa ou um entendimento do que é o "lugar". Esse é um conto moral sobre a desimportância dos bens materiais, embora haja aqueles que digam que é sobre como L.A. é horrível.

Em 1926 ou 1927, quando o Chateau Marmont foi concluído, o Garden já tinha a reputação de ser um lugar que corteja o desastre, e talvez esse seja o porquê do estacionamento no subsolo do Chateau ser tão impossível. Até para os sóbrios. Não é uma tarefa fácil enfrentar pilares gigantescos por todos os lados, deve ter sido projetado assim propositalmente, assim, todos os bêbados, drogados e pilotos da meia-noite são obrigados a parar na quadra aberta do outro lado da rua, o antigo estacionamento do Garden; desse modo, os cidadãos de bem ficam no Chateau. Eu sempre estaciono na rua atrás do Marmont, porque, como Mary explicou certa vez, "Nunca se sabe, querida, que malandrinhos podem ter ficado pelo caminho... ["Malandrinhos" eram as pílulas.] Terrível para os para-lamas...". E acrescentou, "Quem sabe, uma vez que se entra no Chateau, em que condições se vai sair... isso sem falar em que *dia*..."

Não dá para destruir locais como o Garden of Allah e esperar que eles se extingam. Todo aquele hollywoodismo tinha que ir para algum lugar. E, no final, ele se refugiou no Chateau.

Já fazia um bom tempo que eu não visitava o Chateau no dia que estacionei meu carro na rua de trás e fui visitar Pamela. Três anos. O apartamento de Pamela tinha vista para o norte, que contemplava os subúrbios de Hollywood. Em 1916, quando Alla Nazimova se mudou para o outro lado da rua, não havia absolutamente nada para ver naquelas colinas além de mato que ficava verde com a chuva e inflamável no sol árido. Nunca houve, acho eu, muito holly, o azevinho, naquelas colinas, nem há nada que seja um arbusto de Hollywood, nem árvore, bosque ou flor. Talvez o nome "Hollywood" soasse aconchegante debaixo de todo aquele céu — inglês e pitoresco. Mas, assim como a instituição bancária sobre o Garden of Allah, não dá para construir algo por cima e trocar seu nome, então hoje a palavra "Hollywood" não soa tão adorável nem aconchegante. E aquelas colinas estão repletas de estuque cintilante, *haciendas* espanholas e construções triangulares, e é tudo tão pouco promissor que é difícil acreditar que aquilo que realmente aconteceu, realmente aconteceu — que Errol Flynn e Tyrone Power existiram, enquanto o que resta é tão decadente.

Pamela começou a escrever sobre "Hollywood" para um semanário inglês. Ela se parece com um garoto prostituto marroquino. O jeito que o cabelo se encaracola, rebelde e escuro, em torno de seu rosto minúsculo e sombrio, as camadas bordadas de coletes e blusas titilantes, os chinelos macios do deserto causando sempre um choque diante de sua voz de inglesa bem-educada e opiniões banais. Fico à espera de algo que seja maldoso e brilhante saindo de sua boca de moleque, mas tudo que ela diz é "Por que não existem homens nessa cidade?" ou "Quantos carboidratos acha que tem aqui?". Ela escreve sobre seus temas com uma certeza pragmática, só amolecendo o coração quando vê Robert Redford de perto pela primeira vez ou quando Daniel Wiley retorna uma ligação.

"Ah, graças a Deus você está aqui", diz ela. "Talvez você possa me ajudar com isso. Passei a semana toda sentada, sentada, encarando a janela."

"Não acho que a visão seja tão inspiradora", respondo, observando-a derramar água fervente em duas xícaras com saquinhos de chá. Pamela está longe da Inglaterra há tempo suficiente para saber que ninguém se importa de fato com o "autêntico chá inglês". Além disso, ela nunca gostou da Inglaterra, e se o lugar todo desaparecesse em um piscar de olhos ela não seria tão prejudicada quanto eu fui prejudicada quando demoliram o Garden ou quando vi uma placa na lanchonete do 20th-Fox uns dois anos atrás dizendo, LIMPE SUA MESA.

Eu me sento no chão do outro lado da mesa de centro de Pamela, que serve o chá. Nenhuma de nós toma com açúcar, embora ela olhe para ele com desejo antes de levantar os grandes olhos em direção às colinas atrás do hotel e dizer, "Você, por acaso, conhece Gabrielle Sanford?"

"Todo mundo conhece Gabrielle...", digo.

"Porque, veja bem, estou fazendo uma entrevista com ela e você é daqui então talvez possa explicar..."

"O quê?"

"As *atitudes*! Vocês daqui têm atitudes muito estranhas."

Quando tentaram demolir o Marshall High School, a vizinhança se mobilizou tanto que ele ainda está por lá. É o tipo de bairro com visão cívica; sempre foi assim. Desde os tempos em que eu frequentava o Marshall, décadas atrás, me parecia uma daquelas escolas que você encontraria em Berkeley, onde todos prestavam atenção às eleições locais e às árvores. O Marshall em si é feito de tijolos, com antigos e respeitáveis pinheiros Torrey e gramados como os de uma universidade. É tudo tão normal e americano que costumam usá-lo como locação de filmagens quando precisam de uma típica escola secundária do Meio-oeste.

Hollywood High, que, tecnicamente, era a escola do meu bairro, era redonda, volumosa, com palmeiras e folhas de bananeira, e se esparramava pela Sunset e Highland, onde homens em conversíveis e olhos esverdeados circulavam às três da tarde para observar as garotas. Eu tinha medo de estudar lá.

Menti sobre meu endereço e me matriculei no Marshall. Pelo menos durante o primeiro ano, disse a mim mesma, posso me manter fora do alcance dessas sororidades horripilantes que fazem o possível para criar traumas permanentes. Mulheres que conheço estão sempre dizendo como ficam contentes, no fim das contas, de não terem sido populares no colegial, porque todas as garotas que o foram agora estão tomando Valium e são divorciadas e estúpidas. Mas todo mundo sabe que teria sido bem melhor ter popularidade durante essa época, quando o sangue estava limpo, o desejo puro e os beijos duravam para sempre. Coca-Cola com calda de chocolate no colegial é bem melhor do que caviar em um iate quando você tem quarenta e cinco. É senso comum.

Era o final de meu primeiro ano no Marshall. Eu tinha acompanhado duas das minhas amigas a um jogo de futebol americano para o qual todo mundo ia, embora eu evitasse futebol americano. Havia um limite além do qual eu não mentiria a mim mesma, e fingir gostar de futebol americano era esse limite. Mesmo assim, lá estava eu. Um monte de garotos mais novos do King Junior High estava sentado à frente. Toda hora que algo acontecia na partida, eles berravam e gemiam como o resto das pessoas. Com exceção de uma garota que se recusava a participar, não importava o que acontecesse. Ela só se sentava lá com seu cabelo acastanhado para todos verem.

"Ah... é só Gabrielle Rustler", uma das minhas amigas disse durante um intervalo. "Os garotos acham ela linda, mas na verdade não é nada de mais. Quero dizer, ela nem penteia o cabelo!"

Ela ouviu. Virou para trás de três fileiras abaixo e, do momento que seu perfil e depois seu rosto todo apareceu, senti de uma maneira incontrolável que meu futuro bovino não hollywoodiano de cursos e eletivas bem aconselhados estava prestes a virar poeira.

O rosto de Gabrielle era triste e mal-humorado, mas é claro que homens a achavam linda. Seus olhos eram lagoas azuis-claras de inocência.

Ela contemplou a menina que tinha falado; mastigava um chiclete que valia por volta de quatro centavos e uma bola rosa começou a emergir de seus lábios carnudos, uma bola rosa que crescia cada vez mais. No segundo que ficou do tamanho de sua cara em formato de coração, fiquei agoniada que fosse explodir. Mas aí, no momento perfeito, ela inalou e a bola voltou para dentro de sua boca. Ela voltou a atenção ao jogo, nos deixando com seu cabelo castanho embaraçado; no dia seguinte disse às autoridades escolares que estava me mudando para Hollywood e dei meu endereço certo.

"Eu gosto bastante de Gabrielle", disse Pamela, colocando inconscientemente três torrões do açúcar proibido no chá. "Ela é uma coisinha querida, de verdade."

"De verdade?"

"Sim, uma queridinha."

"Gabrielle?", eu me assegurei.

"Eu vi Edward Sanford, o ex, sabe?", prosseguiu Pamela. "Ele se casou de novo."

"Casou?", perguntei. "Ah, é. Eu li."

"Ele foi bem prestativo. Disse que sempre amaria Gabrielle, mesmo que fossem apenas amigos... Você acredita que eles poderiam ser apenas amigos? As pessoas falam que ele se casou para curar a dor de cotovelo."

"As pessoas ainda dizem 'curar a dor de cotovelo'?", perguntei.

"Mas, bom, não pude deixar de sentir que ele ainda está apaixonado por Gabrielle. Você acha que ele está?"

"Pamela", disse, "com esse tipo de pessoa, quem *sabe* o que é amor? Ele ainda está morando naquela casa?"

A casa e o terreno eram ambos vastos. À esquerda da casa tinha um espaço não pavimentado do tamanho de um campo de beisebol, onde meu carro tinha sido estacionado por um oriental de jaqueta vermelha. Foi durante o Festival Monterey Pop de 1967, um tempo em que existia um lugar onde definitivamente se deveria estar, e se você não estivesse lá... bom, você estava por fora. A festa foi dada para celebrar o Solstício de Verão: naquela noite a casa dos Sanford era o lugar para estar.

A família de Edward Sanford sempre se referiu a Gabrielle como "o acidente", em frases tipo "Antes do acidente nós costumávamos...". Os Sanford vinham dessas antigas fortunas de Hollywood que não foram dilapidadas, cujo o nome, na origem, tinha sido Sanovitch, até ser mudado. Tempo suficiente tinha decorrido para transformá-los em Sanford. E um Sanford não se casava com uma Rustler.

Não era justo que os Sanford culpassem Gabrielle por todo comportamento extravagante de Edward, porque mesmo antes do "acidente" ele tinha se apegado à Sunset Strip em entrega total. E quem não andava fascinado por rock and roll, drogas, e aquelas jovenzinhas estranhas das canções dos Mamas and the Papas? Nós o víamos antes dele conhecer Gabrielle. Era divinamente lindo com grandes olhos castanhos e atitudes dionisíacas, mas não dava a mínima atenção para meninas rebeldes, e naquele tempo eu costumava entender quando ele dizia "não estou apaixonado". Ele tinha vinte e cinco anos e acabara de herdar tanto dinheiro que poderia ter financiado quatro filmes e deixado que todos fossem desastres de bilheteria. Em termos locais, no fundo a única coisa que ainda importava eram os filmes.

Gabrielle tinha vinte anos e começava a ter ambições de virar uma estrela. Havia aparecido em diversas pontas. Não sabia atuar. Ela nem precisaria, se sua personalidade mal-humorada e a cara fechada tivessem se traduzido nas telas. O problema era que os homens que a escalavam a achavam linda, então a colocavam em vestidos fabulosos e fantasiosos quando deveriam ter lhe dado um chicote e saído da frente.

Edward a conheceu uma noite e na seguinte, eles fugiram para se casar.

Ele colocou a casa no nome dela como presente de casamento e já estavam lá há alguns anos quando Mary (que parecia ser a dona da festa mesmo sendo a casa de Gabrielle) me pediu para "chegar cedo para conversarmos". Então lá estava eu, Solstício de Verão, cedo. Tinha um segurança da Pinkerton armado na porta com a lista de convidados e uma lanterna.

A sala de estar era rebaixada e grandiosa; tinha uma lareira que batia em meu ombro, janelas francesas que se abriam para o terraço. Agrupamentos de móveis eram localizados aqui e ali. Pendurada acima da lareira tinha uma grande e feia pintura a óleo de uma linda *señorita* encostada em um arco de estilo missionário. Os convidados estavam escassamente distribuídos em pequenos grupos. Gabrielle se sentava encurvada e imersa em uma conversa com Marlon Brando.

"Minha querida!", disse Mary, flutuando como uma flor lilás em minha direção com os braços finos abertos. Seu cabelo loiro leve e "ruim" ("ruim" naquele tempo referia-se a um cabelo que não fosse grosso) desafiava a gravidade e parecia acompanhá-la como um animal engraçado de pelo angorá. Estava vestida em algodão esvoaçante e transparente lilás com sapatos cor de pêssego; tudo flutuava quando ela se movia. Ela cheirava a violetas. Usava máscara de cílios lilás e sombra lilás esfumaçada nas têmporas. Seu batom era cor de pêssego. Tudo junto fazia ela se parecer com um nascer do sol no paraíso.

Nada naquela noite fez sentido para mim, além de Mary.

Mary conhecia todo mundo, e era por isso que ela me conhecia. Ela era uma Sanford, uma das primas de Edward por casamento. Como Edward, ela se recusava a encaretar, mas mantinha os laços com a família e nunca ostentava seus pecados boêmios.

"Deixe-me mostrar a casa", disse, e me levou aos jardins e me mostrou os pavões e as fontes e me contou que visitava a casa quando era pequena e que o imóvel havia pertencido a um ator britânico que dava grandes festas de Páscoa. Fumamos um baseado e ficamos lá fora por muito tempo.

Quando retornamos, vi Gabrielle dar a Marlon Brando um sorriso superficial, revelando suas pequenas gengivas arcadas sobre dentes perfeitos e brancos de L.A. Ela se moveu suavemente pela sala de estar e parou na nossa frente.

"Oie", disse ela a mim e a Mary. "Onde estavam?"

"Vocês se conhecem?...", Mary nos apresentou.

"Eu já ouvi seu nome antes", comentou ela. "Você estudou no Marshall?"

Você se lembra das pessoas do colegial melhor do que de qualquer um que veio depois, nome e sobrenome, personalidades inteiras. Em parte por tudo ser muito melhor naquela época. Eu me perguntei que tipo de reputação tinha deixado por lá para meu nome ter ficado na mente de Gabrielle — a garota do bairro errado? Eu sempre achei que tinha sido invisível no Marshall.

Mary florescia na presença de artistas e conhecia os mesmos que eu, mas em um nível diferente. Enquanto eu tentava existir à mercê de diretores de arte fazendo arte como freelance,

Mary gargalhava, loira, linda e diletante, sempre dizendo a coisa certa, como "Brilhante, meu querido, positivamente sensacional!" enquanto se dirigia às melhores peças do artista como se atraída por um ímã.

Ou, quando observava o trabalho de um inimigo desprezível, ela sussurrava entre os dentes, "Ah, a roupa nova do imperador, veja só..."

Uma noite, convidei um amigo artista para minha casa e ele trouxe outro artista que trouxe o que parecia ser uma modelo de alta-costura, mas que na verdade era Mary. Eu desconfiei dela ao chegar, tão alta, loira e harmoniosa, mas ela estava tão alheia à estranheza que causava naquele chiffon preto, sentada no chão de meu apartamento de um cômodo, bolando baseados, que quem poderia resistir e não amá-la? Ela lembrava, quase, a uma tulipa, o jeito que dobrava a cintura para a frente para me entregar o baseado aceso.

E, quando estavam indo embora, ela se aproximou e disse que me telefonaria logo e que tinha sido uma honra me conhecer. Alguns dias depois, ela ligou e me chamou para tomar um café em sua casa.

Mary morava não muito longe do Chateau em um daqueles bangalôs escondidos em uma encosta. Era uma bela casinha, não era requintada ou cara mas perfeitamente adequada. Bem ali na frente, furei o pneu do carro. Em vez de estacionar, entrar e telefonar para o seguro, me arrastei por dois quarteirões e estacionei. Mary tinha um feitiço tão grande que você não ia querer entulhar sua manhã com vulgaridades como pneus furados.

Quando andei os dois quarteirões de volta para sua casa, ela estava desligando o telefone com uma expressão conturbada.

"Hmmm", disse, "aquela Gabrielle... Que falta de sorte. Viaja durante o final de semana e alguém arromba a casa e rouba todas as joias dela."

Fiquei felicíssima por não ter mencionado o pneu. Se você vai ter algum problema perto de Mary, joias roubadas me pareciam ser do nível certo.

Pamela me contou que seu editor de Londres queria uma matéria sobre Gabrielle Sanford por causa de seu romance atual com Daniel Willey, os boatos de que eles eram inseparáveis, que ela talvez pudesse — a qualquer momento — mudar o sobrenome para o dele.

"Você falou com Mary de verdade?", perguntei.

"Sanford, você quer dizer? Sim. Ela me deu uma frase ótima, na verdade. Ela me disse... deixa eu ver, onde estão minhas anotações... aqui estão. Ela disse: 'Gabrielle Sanford vive mais em um momento do que a maioria de nós vive em uma semana.' Muito publicável. Ela estava em Nova York."

"Como ela lhe pareceu?"

"Quem?"

"Mary."

"Mary Sanford." Ela fez uma pausa por um momento. "Você sabe, eu não... Eu não posso dizer que prestei atenção. Ela parecia... ausente. Vazia. Triste."

Percebi que eu estava prendendo a respiração.

Mulheres se apaixonavam por Mary. Achavam ela linda de maneira inatingível e adotavam a maior quantidade de maneirismos dela que conseguissem. Não se importavam que Mary não possuísse aquela outra substância, bruta e convidativa, que seguia Gabrielle como uma névoa. Havia uma essência exótica, feminina, em Mary que atordoava mulheres que entendiam exatamente a total perfeição de cera e flor que vinha dela.

Sei que na prisão as pessoas primeiro falam de comida e depois de sexo, com a capacidade de detalhamento insuperável. Eu já tive discussões com mulheres sobre Mary, o que ela vestia, o que dizia, e como entrava... Nós fixamos os detalhes para sempre em nossas memórias.

"... e o *anel*", uma diria, "aquela opala lilás! Ahhhh! Entre tudo, acho que o anel é meu favorito."

"Não, não", outra diria, "era a sombra nos olhos, a maneira que desaparece com o bronzeado. Isso é melhor."

Os modos dela tinham sido inculcados em um convento francês, onde a ensinaram a escrever cartas de louvor e agradecimento, a dizer a coisa certa em funerais e casamentos, a mandar cartões-postais com frases encantadoras quando estivesse viajando, e a banir o desconforto social com pequenos atos de piedade. Foi ensinada a ficar em silêncio quando não havia nada que ela pudesse fazer a respeito.

Era sempre fascinante para mim que homens nunca notassem muito sobre Mary além de "Bom, quero dizer, ela é bonita e tal...". Aquele brilho de alta classe, que impressionava as mulheres, passava direto pelos homens. Era como se eles não possuíssem receptores para a frequência particular dela. O máximo que você escutaria de um homem era uma apreciação geral de como não era preciso esperar uma hora para ela ficar pronta. "Por Deus", um inglês uma vez me contou, "aquela Mary não é como o resto de vocês... Ela coloca um chapéu na cabeça e está fora de casa."

O chapéu teria sido um assunto eterno para a contemplação sonhadora das mulheres.

"Há alguma coisa em Mary", um cara me disse uma vez. "Ela é pura demais. É quase uma freira."

Mas Mary era muito melhor do que as freiras. Elas só vinham em preto e branco, enquanto Mary era todas as cores.

Gabrielle e Mary estavam sempre juntas, o que era estranho porque Mary sabia que a maioria de suas amigas não estava com saco para ver Gabrielle na maior parte do tempo. Não que Gabrielle causasse tanto problema assim. Era só pelo potencial que estava sempre à espreita. E as mulheres se apavoravam e escondiam seus amantes se ela aparecesse. "Dana teve que sair bem depressa porque seu pai estava morrendo", uma garota me disse, "e a cama ainda nem tinha esfriado quando Gabrielle se deitou nela com o marido de Dana."

"Gabrielle usa Mary", me explicou um artista uma vez.

"Para quê?", perguntei. O que Gabrielle precisava? Eu havia decidido por conta própria que Gabrielle não era um caso tão perdido assim uma noite em que me contou uma história e me manteve entretida por uma hora. Mas por que ela "usaria" Mary?

"Ela usa Mary para se purificar... para se desintoxicar", disse o artista. "Gabrielle é tóxica demais."

"Bom, mas esse veneno não é ruim para Mary?", perguntei.

"É *claro*!", disse ele. "Mas até Mary gosta de brincar com fogo. Todos nós gostamos."

Gabrielle, enquanto isso, assumia todos os trejeitos exteriores de Mary: o andar, a maneira que se vestia, o jeito de falar. Ela aprendeu a falar entre os dentes e não terminar frases, como se fosse rica demais e entediada demais para abrir a boca ou se incomodar com o resto de um pensamento.

Eu os vi, os três, Gabrielle, Mary e Edward, numa noite de estreia de Neil Young. O cabelo de Gabrielle estava coberto de gardênias "do Scorpion...", murmurou ela, "The Luau, sabe?...". (Eles têm um drinque de rum enorme, o Scorpion, no The Luau com gardênias flutuando em cima.)

"Nós estamos aqui desde as três...", disse Mary, "... bem festivo. Edward e Groucho aqui" — o apelido de Gabrielle era Groucho — "se divorciaram. Me nomearam a correspondente. Nós vamos ao Tana's depois disso. Vem com a gente."

"Não, estou velha demais", respondi. Eu sempre dizia a coisa errada com Mary por perto, mas não conseguia pensar no que poderia dizer com o tom correto de sinceridade mundana e desinteressada. Estava então com vinte e oito anos, como Mary, Gabrielle, vinte e seis, e Edward, trinta e dois. Eu tinha o visual certo mas estava sempre dizendo a coisa errada. E, de vez em quando, como naquela noite, falava as coisas tão péssimas que até Mary se desconcertava antes de rir e fingir que não havia escutado.

"Gabrielle vai viajar para o continente amanhã", contou Mary, mudando de assunto. "O Grande Tour."

"É", afirmou Gabrielle. "E Mary não vai comigo. 'Pegando uma praia', ela diz. Eu disse que haveria um terremoto nesse verão, então era melhor ir comigo."

"Eu não sairia de L.A. nem se o lugar inteiro tombasse para dentro do oceano", declarou Mary. E realmente, ela só saía de Los Angeles por negócios urgentes. Era forte demais e frágil demais para qualquer outro lugar.

Eu não conseguia imaginar Gabrielle indo sem Mary. Mas ela parecia determinada. Edward estava do seu jeito bem-humorado de sempre, saindo com elas para tomar drinques depois do divórcio, pronto para pagar a conta de qualquer plano que surgisse.

No verão, cheguei o mais perto de conhecer Mary do que jamais consegui. O fascínio nunca desapareceu, mas aprendi como falar de um jeito que, se furasse o pneu, poderia fazer parecer engraçado o bastante para estacionar na frente de sua casa. Basicamente, eu tinha por ela a mesma incredulidade que um servo teria pelo jovem príncipe do palácio.

Na primeira vez que Mary me telefonou para saber se eu gostaria de ir à praia com ela, fiquei tão chocada que só consegui pensar em meu maiô surrado.

"... ainda está aí, minha querida?", perguntou Mary. "É claro, sempre vou a Venice. É a mais próxima. Sem multidão. Dr. Laszlo diz que esse é meu último verão no sol, minha pele não deveria ficar à mostra de jeito nenhum."

Talvez, por eu ser mulher e artista, Mary me afetasse da maneira que me afetava, eu não sei. Mas eu simplesmente não conseguia imaginá-la indo para a praia como uma pessoa normal.

Venice, naquele verão, se parecia com uma pintura de Hopper. Uma paisagem americana com sombras e luzes entre as frestas das ripas de madeira de um prédio em meio a um nevoeiro esbranquiçado. Ocasionalmente um avião sobrevoava o Pacífico antes de dar a volta para o leste. E lá estava Mary, deitada na areia como uma pessoa comum, porém melhor, porque sem a maquiagem ela parecia quase normal e isso era como compartilhar um segredo, como ter a *Mona Lisa* sem moldura no porta-malas do carro. Eu não me sentia comum.

"Hmmmmm…", dizia Mary, depois de quinze minutos. "Sinto como se tivesse morrido…"

Eu olhei para ela com ansiedade pela primeira vez.

"… e tivesse chegado ao céu", concluiu. "E agora *isso* tem que acabar."

Um pouco irritada, Mary me disse que quando chegasse em casa, depois da praia, teria que tomar um banho e ir a um chá de caridade que um dos Sanford estava planejando porque um mês atrás ela havia se oferecido para "servir".

Esse era um daqueles detalhes que me faziam sentir estranha, combinados com o fato de Mary ser tão magra, loira e alta sem fazer esforço. Todos nós tínhamos conhecimento, é claro, que ela clareava o cabelo, mas as mulheres sabiam que ela só fazia isso para realçar sua posição etérea. O cara que morava no bangalô ao lado dela uma vez me disse que sempre a viu como uma "típica garota americana". "Apenas uma garota normal", insistiu. "Eu não entendo por que vocês mulheres a acham tão foda e especial — minha namorada não consegue superar... Ela é só uma garota normal."

Gabrielle estava em Marrocos tomando leite e mel e ópio na companhia muito-bem-falada de um diretor francês. Com Gabrielle longe, Mary parecia mais calma, mais doce, e imaginei que, se ela fosse deixada sozinha de vez, viraria uma daquelas virgens puritanas de Nathaniel Hawthorne que andavam por aí distribuindo raios de sol nos corações de qualquer um que as contemplassem. Quando Gabrielle estava por perto, uma veia sarcástica se infiltrava nas conversas de Mary, como se ela fosse o reflexo pálido da ironia tóxica de Gabrielle.

Mas naquele verão quando íamos com frequência à praia, Mary lembrava um príncipe gentil em exílio acordando na Páscoa. Ela estava tão leve.

Quando comentei que os homens não olhavam para Mary da mesma forma que as mulheres, não quis dizer que Mary não fizesse sucesso. Ela estava constantemente envolvida em romances, seu telefone sempre tocava, e ela até teve o que Joyce Haber chamou de alguns "encontros" com Cary Grant. ("Na verdade", ela me contou, "nós não *saímos*." Eu me senti atordoada demais para perguntar se eles nunca estiveram juntos ou se apenas ficaram em casa.)

Seu bangalô estava sempre entupido de malas na varandinha/foyer de entrada, pequena e informal, e os homens que cruzavam sua sala de estar em direção ao jardim de zínias, em geral, eram recém-famosos e em alta. Às vezes, tinha a impressão de que Mary era o que alguém conquistava — o prêmio — por ter atingido o topo e ser jovem, rico e bonito. Beatles e estrelas do cinema, escritores e cantores country, e, claro, sempre os artistas de L.A., que eram os mais divertidos de todos. Ed Ruscha, Billy Al Bengston, Larry Bell, Ken Price e Ed Moses, todos deram a ela lindas obras, pequenas o suficiente para caberem em sua casa. Às vezes, tarde da noite, por meio de uma química invisível, novas amizades eram formadas entre as combinações mais improváveis, e diferentemente de Madame Verdurin, Mary não tinha essa coisa de tentar manter as pessoas. Se conhecesse alguém na casa de Mary ou por meio de Mary (ela era a simplicidade em pessoa com apresentações irresistíveis, como "Esse é Archie Lowencliff, minha querida, lembra, o amigo de Michael que faz aquelas esculturas azuis maravilhosas que você adorou..."), você não tinha que devolver a ela dez por cento da amizade. E Mary se sentava no braço do sofá, inconscientemente tecendo os pés delicados em poses impossíveis, a cabeça indo para a frente para escutar com uma felicidade sonhadora no rosto, as mãos esquecidas, senão por um baseado balançando nos dedos. Ela era uma grande instigadora social, uma força para festas. Suas duas palavras especiais eram "festivo" e "perfeito". E no meio disso tudo, ela se mantinha fiel a seus modos do convento; havia sempre uma ligação na manhã seguinte com bocejos bondosos e sonolentos. "Você foi ótima ontem à noite, minha querida. Eu não sei como você faz; seus jantares são sempre perfeitos. Você é uma malandrinha na cozinha, não é?"

Ela não usava casaco de pele nem comia carne. Uma vez uma dama de grande importância veio à cidade e queria comer costelinhas engorduradas no segundo que desembarcou do avião (tinha passado uma temporada longa demais em Paris). Mary me levou junto para providenciar uma desculpa caso não aguentasse, porque ela não era uma boa mentirosa e eu sou uma ótima. Eu me sentei e a observei ficar mais e mais esverdeada enquanto a pilha de ossos crescia na sua frente. O queijo-quente dela já estava frio. Finalmente, eu disse, "Ai caramba, esqueci que tenho que encontrar minha irmã em quinze minutos e meu carro está…". E corremos na chuva, e Mary se sentou no banco do motorista por cinco minutos sem iniciar o motor, respirando fundo, com os olhos fechados, recuperando o que Jane Austen chamava de "compostura".

"Aqueles ossos…", suspirou ao final, relaxando.

Quando o gato dela foi atropelado, ela ficou de luto por uma semana.

Mary uma vez me disse que imaginava que acabaria morando na praia, e eu sabia que ela queria dizer que acabaria se casando com um de seus homens ricos e bonitos e que viveriam felizes para sempre perto do mar. E nos desertaria. Eu fiquei assustada e disse "Mas e", acenei para indicar a sala de estar, "tudo isso?"

"Vai comigo", disse. "Tudo."

Ainda estava assustada que ela fosse nos abandonar, mas Mary prometeu que levaria tudo, então talvez fosse o correto.

Outro cara me falou uma vez, "Ela era só mais uma groupie de alta classe; era fria. Nunca conseguiria imaginá-la na cama com qualquer um."

* * *

As mulheres querem ser amadas como rosas. Passam horas aperfeiçoando as sobrancelhas, os dedos do pé e criando cachos irresistíveis que caem acidentalmente na nuca por trás do penteado austero. Elas querem que seus amantes se lembrem da maneira como seguraram uma taça. Elas querem assombrar.

Até onde sou capaz de julgar, os homens não funcionam assim. Homens não são assombrados pela maneira como uma mulher segura uma taça. Homens são assombrados por mulheres iguais àquela com quem seu velho e querido pai se casou. ("Ele não pode estar levando isso a sério; ela é gorda demais!", e alguém o escuta por acaso, só para lembrá-lo de que a própria mãe é gorda demais.) Ou amam uma mulher porque acham que ela é diferente de sua mãe ou ela é uma afronta tão grande a tudo que a mãe defende que vai atormentá-la pelo resto da vida. Uma vez conheci um menino angelical de dezenove anos cuja mãe era uma dançarina em Las Vegas, apesar de seus trinta e seis anos. E esse garoto arrumou uma namorada de trinta anos que usava óculos e nenhuma maquiagem. A mãe ficou tão furiosa que ela entrou com carro e tudo na casa da namorada. A única vez que homens se apaixonam por rosas é em comerciais de sabonete íntimo.

Anthony Sutter veio a L.A. para abrir uma filial da empresa de Wall Street de sua família na Costa Oeste, e Mary o conheceu no chá beneficente onde estava servindo. Ele tinha trinta e cinco, era divorciado e definitivamente um homem de Harvard. Tinha um entendimento de mundo vindo da Costa Leste que estava em total desacordo com o ritmo de L.A.; ele usava gravatas, até nos finais de semana. Era bonito, e quando tive oportunidade de conhecê-lo, ele e Mary pareciam ter chegado a uma espécie de entendimento: era como se de repente Mary não estivesse mais lá.

"Bom, quem *é* ele?", perguntei, na primeira vez que vi Mary com uma expressão vidrada.

"Dinheiro", respondeu Mary.

Pamela olhou por cima de seus apontamentos num bloco de notas verde e disse, "É isso que quero dizer sobre vocês daqui. Suas *atitudes*! Dizer que não sabem o que amor significa!"

"Com eles", eu disse, "estou confusa."

"Sobre o amor… Eu não acredito. Mas essa não é a única questão. É a atitude de todo mundo em relação ao dinheiro também. Quando fui entrevistar Daniel Wiley e Gabrielle, eles dormiam no chão! Nenhum móvel. Eu sei que ele é milionário. Por que estão dormindo no chão?"

"Ele está fazendo negociações", disse. "De qualquer maneira, as pessoas do cinema não precisam de móveis."

"Nem de uma cama?!"

Daniel Wiley definiu Gabrielle como a estrela de seu próximo filme. Ela interpreta uma assassina; perfeito para ela. Eles se esqueceram da cama, e eu entendo, porque no momento que inicia um filme, você se distancia do planeta Terra. Cineastas, nos intervalos entre filmes, se parecem comigo e com você; eles vão a festas, fazem compras, nadam.

Mas estão apenas se mantendo na superfície, esperando outra injeção, outro navio para levá-los embora para os filmes. E dinheiro não tem nada a ver com isso.

"Gabrielle me disse que pela primeira vez está apaixonada", disse Pamela. "E deve ser amor, caso contrário ela não estaria dormindo no chão. Ou estaria?"

Eu vi Daniel Wiley pela primeira vez quinze anos atrás na Barney's Beanery. Ele era movido pela ambição; tudo mais nele era fraco e bobo com exceção de sua absoluta e inabalável fé hollywoodiana de que ele, mais do que qualquer outro, sabia o que eram os filmes. Ele nunca falava muito, mas seu olhos estavam continuamente atentos ao redor, notando todas as máquinas de pinball e não apenas a própria. E, então, há nove anos, quando assumiu um filme prestes-a-ser-abandonado e tomou as rédeas com todo seu conhecimento, ele obteve sucesso nacional e ganhou uma boa grana. Quando o vi pela primeira vez, recém-chegado do Texas, e ele me contou com toda a seriedade que queria mulheres berrando por ele da mesma maneira que faziam com os Beatles, eu disse que ele era louco e que ninguém mais ia ao cinema.

"Vão voltar", disse ele. "Eu estou aqui."

Gabrielle também sempre acreditou no cinema. Isso aproximou os dois.

Uma vez, esbarrei em Mary no estacionamento do Arrow Market em Santa Monica.

"Seu cabelo!", protestei. Fazia um bom tempo que não nos víamos e seu cabelo estava num tom de castanho vulgar.

Vestia jeans e um pulôver velho vermelho e mocassins, o cabelo estava num rabo de cavalo, e ela não usava maquiagem, por isso mal dava para vê-la.

"Estava caindo, minha querida", sua voz soava sem brilho, "por causa daquele descolorido todo."

Eu não podia acreditar.

"Você ainda está com aquele Anthony Sutter?"

"Ele é tudo que faço hoje em dia", bocejou ela.

"Como está Gabrielle?"

"Eu não a vejo mais tanto assim. Ele não gosta dela."

"Mas ela...", me senti traída. Se Mary estava disposta a abrir mão de Gabrielle, ela podia abrir mão de qualquer outra coisa, de todos nós. E para quê? Que tipo de dinheiro era esse dinheiro da Costa Leste que não deixava a pessoa nem ver os amigos? O que ele queria que Mary fosse?

"Quanto dinheiro", perguntei, "ele tem, no final das contas?"

Mas não era só o dinheiro. Eu sabia que não poderia ser só dinheiro. Ela estava com medo de envelhecer sem viver aquela fantasia infantil de um dia casar e ter filhos e uma casa e um marido no mundo dos negócios. Mary sempre tinha sido convencional, era isso que era ótimo nela. Estava com quase trinta. Eu também tinha pensado na mesma coisa; me casar e encerrar o assunto, mas aí, depois de San Francisco, eu sabia que aquelas canções de amor eram para mim. Havia pouquíssimos precedentes para não se casar, eu admito, e as mulheres que eu conhecia que não se casavam estavam todas indo a analistas e se perguntando o que havia de errado com elas. Mas, se Mary queria se casar, então eu teria que pensar no assunto seriamente, porque ela sempre sabia quando fazer as coisas e como. Então, de repente, ela não estava mais focada em roupas e fechava suas pétalas. Eu senti frio naquele estacionamento do Arrow Market, olhando para o rosto sem ornamentos de Mary e seu cabelo comum e as roupas sensatas. Isso significava que todos nós teríamos que nos tornar melancólicos agora que estávamos prestes a chegar aos trinta? Ou talvez ela estivesse apaixonada por ele e isso consumiu todo o seu charme.

Seu charme nervoso e sua beleza tinham sido tão facilmente extintos que fazia você temer pela própria beleza.

Então lá estava eu, guardando todas as minhas compras no porta-malas, dando adeus a Mary. Sozinha no crepúsculo diante do Arrow Market, de repente sem saber, aos vinte e nove anos de idade, quais eram os principais motivos da existência: amor, dinheiro, ou beleza. Isso sem falar da verdade, é claro.

Três anos antes do episódio com Pamela, fui tomar um drinque com um amigo que estava hospedado no Chateau, e quarenta e oito horas depois as portas do elevador se abriram para o estacionamento no subsolo em que eu havia entrado sem pensar, falando para o atendente que só ia ficar lá por um minutinho. Estava procurando meus óculos de sol quando esbarrei em Gabrielle e Mary vindas do outro lado da piscina. Elas estavam com roupas de banho, levavam toalhas e taças, e Mary segurava uma garrafa térmica enorme.

"Eu pensei que você...", disse, olhando para Mary. Ela estava leve como uma pluma e exibia aquele pequeno traço sarcástico que sempre aparecia quando estava perto de Gabrielle, aquele toque cruel em sua risada que, é claro, nenhum marido-do-mundo-dos-negócios aprovaria. Tinha aquela mesma qualidade mundana e familiar de julgamentos rasos e comentários sofisticados e hilários. Até sua postura física não era o que se poderia chamar de virtude modesta e feminina. Virtude não era um problema.

"Minha querida", disse ela, "venha tomar um drinque."

"Ele está viajando", contou Gabrielle, "por um final de semana inteiro."

"Ah, que ótimo", falei, retornando novamente ao elevador.

"Você tem que ver o que Groucho trouxe para mim de Oslo", comentou Mary.

"O que vocês duas têm feito?", perguntei. Eu me senti surpreendentemente à vontade com elas, como se não tivesse que explicar nada nem transpor as habituais barreiras de mal-entendidos que eu tinha com a maioria das pessoas naqueles tempos, pessoas que andavam preocupadas com meu "futuro" e por que eu não estava casada. Em Hollywood, evitamos discussões sobre realidades concretas como o futuro. "Eu não vejo você faz um ano, Gabrielle. Você está divina."

"Estamos bebendo", disse Mary, saindo pelo quarto andar quando o elevador parou, "desde ontem de manhã."

"Tequila", completou Gabrielle. "Entre outras coisas."

"Que pena que você perdeu Carl", disse Mary. Carl, como Gabrielle, era uma daquelas pessoas que um marido-do-mundo-

-dos-negócios nunca iria tolerar. Ele quase sempre usava branco e homens o odiavam.

"Como é que anda Carl?", perguntei.

"Produzindo", respondeu Gabrielle, destrancando a porta de sua suíte de dois quartos. "Venha ver o que mais tenho."

O apartamento tinha vista para o sudoeste; dava para ver o oceano, que era tão claro que parecia vidro. (Para contrabalancear, havia incêndios em Ventura County. É difícil ter um tempo aberto em L.A. sem ventos incendiários.) Era uma suíte enfadonha e sem personalidade do Chateau, com exceção das roupas de Gabrielle, umas malas abertas, uma escova e pasta de dente no banheiro. Gabrielle nunca usava maquiagem ou perfume ou nem nada dessa ordem, embora por anos Mary tenha tentado convencê-la sobre Laszlo, e finalmente Gabrielle tenha ido a Saks, comprado os frascos, visto as instruções e perdido tudo no caminho para o estacionamento.

"*Regardez*, minha *petite chou*", disse Gabrielle, abrindo uma gaveta na mesinha de telefone e revelando um espelho e uma montanha de cristais brancos com uns dois centímetros de altura. "Cocaína. *Le cocaine pure.*"

"Tome um drinque primeiro", sugeriu Mary, sumindo para dentro da cozinha. Gabrielle abriu uma garrafa de vidro marrom e tocou o dedo no topo, para que uma pequena mancha molhada ficasse em evidência. Quando meu drinque chegou, Gabrielle disse "Aqui", e colocou o dedo dentro dele, e logo depois retornou tão rápido para a cocaína que eu fiquei absorta, entregue e trincada.

"Tire isso", disse Gabrielle para mim, se referindo às minhas roupas. "Você vai ficar muito mais confortável nisso."

Ela me deu um caftã de algodão finlandês e lá estava eu, sem as minhas roupas de novo, do jeito que me encontrava (durante dois dias só que em outro andar) apenas uma hora atrás. Mary e Gabrielle também usavam caftãs. O de Gabrielle estava amassado e tinha manchas ou de vinho tinto ou sangue no lado e o de Mary era perfeito, limpíssimo e leve. Mary se apoiou na janela francesa e mirou a Catalina com a expressão de sua velha felicidade sonhadora no rosto mais uma vez magnífico. Eu entendi o porquê de ela ter parecido tão comum no Arrow Market: ela estava tentando parecer comum.

"Estou tentando convencer essa aqui a ir ao Rio comigo", contou Gabrielle em uma voz baixa sobre Mary, que estava longe demais para escutar. "Carnaval!"

"Mas Mary jamais...", comecei. Minha boca tinha um gosto metalizado de sangue e senti uma avassaladora onda de euforia subindo como espuma branca. Não poderia ter sido a cocaína. "O que era aquilo no seu dedo, Gabrielle?"

"O quê?", perguntou ela, franzindo as sobrancelhas. "Ah, a bebida. Sandoz, minha querida, direto das montanhas da Suíça. *Le* LSD *pour les jeunes filles.*"

"Você não vai ficar falando em francês o tempo todo, vai?", perguntei. "Foi muito?"

"O suficiente, provavelmente", respondeu.

"Mas vocês estão misturando cocaína com ácido?", questionei. Como elas se lembravam de cheirar cocaína quando estavam no Éden? Fiquei grata por estar usando apenas aquele algodão solto enquanto a tarde seguia.

Rimos por quatro horas. Mary ficava servindo mais tequila até a borda do copo para si mesma. Toda vez que eu tentava levantar do sofá, caía para trás de novo rindo. Gabrielle estava no controle das coisas.

Ao crepúsculo, Gabrielle se sentou no chão com os cotovelos na mesa de centro, esperando para nos silenciarmos para que ela pudesse começar.

"Eu contei para vocês sobre o Cérebro de Coiote, certo? Não contei? Estranho. Eu não falei para ninguém sobre o Cérebro de Coiote, mas devo ter contado para vocês... Têm certeza que não? Bom...

"Jean-Paul e eu estávamos em Tânger, já estávamos em Marrocos fazia mais ou menos um mês, e parecia para mim que em todos os lugares que íamos ouvíamos falar sobre uma coisa chamada Cérebro de Coiote. As mulheres falavam sobre isso, mas, se você perguntasse a um homem, ele se calava. Até que uma noite, essa mulher que falava inglês me disse que os locais tinham a superstição de que se você tivesse esse pó branco chamado Cérebro de Coiote e o usasse nesse potinho de prata no pescoço... bom, é difícil descrever, mas tudo em você seria intensificado. Tudo.

"Naturalmente, perguntei onde conseguir um pouco e ela agiu como se eu fosse louca ou algo do gênero e disse: '*Nós* europeus não acreditamos nessas bobagens.'"

Gabrielle fez uma pausa. Ela espionou a cidade iluminada pela janela. Era uma daquelas noites quentes, como aquela em que a vi adulta pela primeira vez em sua festa. Dava para ouvir na Sunset Strip abaixo os carros e o rock and roll na porta ao lado. Ela fixou o olhar de volta para a mesa de centro em sua frente, onde suas mãos se apoiavam calmamente, e continuou.

"Então na noite *seguinte*, nós saímos com esse antropólogo francês que estava pesquisando coisas como bruxaria e perguntei a *ele* onde conseguir um pouco de Cérebro de Coiote.

"'Quantas avós vivas você tem?', ele me perguntou, e eu respondi, 'Duas', então ele disse: 'Bom, amanhã de manhã alguém vai buscar o dinheiro, que você vai dividir igualmente em dois envelopes ou recipientes.' 'Bom, quanto?', perguntei, e ele disse 'O quanto você acha que deve valer. Mas nunca divulgue a quantia a ninguém na sua vida.'

"E no dia seguinte, essa menininha, ela devia ter uns dez anos, apareceu na minha porta pela manhã... Ela tinha uma argola no nariz, os olhos pintados de preto e as cores de sua roupa eram só rosa e verde, e entreguei os envelopes a ela."

"Quanto você deu?", perguntou Mary.

"Não posso dizer. Eu disse que não poderia dizer. O homem me falou para não contar para ninguém... Mas posso contar uma coisa, só uma coisa."

Ela fitou nossos rostos por cima da mesa e sorriu como se ela própria tivesse dez anos de idade.

"Eu dei a ela tudo o que tinha."

Eu estremeci com uma batida na porta. Uma batida alta, raivosa como se fosse a polícia ou algo parecido, então a porta abriu e era Anthony.

"Querido!", disse Mary, em pé e correndo em sua direção.

234

"Eu pensei que você tinha me dito que não a veria mais", disse ele friamente, olhando para Gabrielle com ódio.

"Mas querido, a gente só…"

"Ela não é…", disse eu.

"Você prometeu que não a veria mais!", repetiu ele.

Gabrielle pegou um baralho e começou a organizar um jogo de paciência na mesa de centro, franzindo as sobrancelhas.

"Mas eu…", Mary se dobrou ao meio e começou a engasgar. Ela correu para o banheiro, e dava para ouvir que vomitava.

"Vá ver como ela está", me pediu Gabrielle. Eu fiquei olhando de um para o outro, me perguntando se era seguro. "Vai!", disse ela, então eu fui.

Mary estava encurvada como um arco de onde jorrava uma linda cascata amarela. Lágrimas corriam por suas bochechas e também em direção ao vaso sanitário; ela estava inconsolável.

Eu ouvia vozes ao fundo no outro quarto e logo depois uma porta batendo.

Mary deu um grito sufocado e se afundou com os joelhos apoiados na banheira, deixando que as lágrimas a levassem a um estado de normalidade.

Eu a deixei lá e voltei para a sala de estar, onde Gabrielle ainda estava no chão jogando paciência na mesa de centro.

"Ele foi embora?"

"Foi", respondeu ela.

"Você conseguiu?"

"O quê? Ah, o Cérebro de Coiote? Eu… O que você acha?"

"Eu acho que é melhor voltar para casa", retruquei. Era quase impossível sair do estacionamento naquelas condições, e eu ainda estava usando o caftã de Gabrielle.

Mesmo que eu viva até os cem anos, acho que nunca vou esquecer a vozinha triste e infantil de Mary em minha cabeça, tão apaziguadora e inconsolável, enquanto corria para Anthony dizendo "Querido...".

O rosto dele estava duro, gélido e vingativo. Mas ele não estava com a mira em Mary, a quem ele nem parecia notar mesmo ao falar com ela, pois seus olhos estavam presos aos lagos de inocência de Gabrielle. Eu me perguntei depois como ele sabia que Mary estava lá ou se Gabrielle tinha tramado a coisa toda. Mary tinha sido o objeto de uma guerra entre os sólidos valores americanos e Hollywood, onde até o dinheiro é perdido durante as correrias em chãos duros e provas de figurino às cinco da manhã numa cidade invisível com o nome de uma planta que nunca existiu, batizada por um clã que fica à espera do embarque no próximo filme.

Uma conhecida minha, que ocupa há anos o cargo de gerente de negócios de uma revista nacional, e ainda é jovem, avaliou sua vida e decidiu que, mesmo se passasse a ganhar a metade, ela preferiria ser uma editora de roteiros em Hollywood do que ficar em sua posição executiva atual. Ela me perguntou se eu poderia ajudá-la, pensei no assunto e fiz umas ligações. Carl disse, "Ela só precisa de uma coisa."

"O quê?", perguntei.

"Um padrinho na indústria."

Para entrar, você tem que ter nascido no negócio ou começar cedo, com vinte anos como Daniel ou Gabrielle. Ou se casar com alguém do ramo, embora os outros não gostem disso — esposas e maridos ambiciosos não são aturados com boa vontade.

Contudo, eu nunca tinha pensado sobre o que era preciso para sair dessa. Mary tentou dar o fora, se juntar aos mortais, mudar de nome. Isso roubou seu estilo; ela se tornou, como Pamela deu a entender, invisível. Ela acompanhou Gabrielle ao Rio, mas não voltou depois. Continuou a viajar; ela foi a todo lugar exceto Hollywood. Carl a viu no Havaí tomando zombies no bar Royal Hawaiian um tempo atrás e me disse que Mary tinha "perdido a boa aparência."

"Não se diz coisas como 'perdeu a boa aparência'", eu disse. "Ela está enrugada ou algo do tipo?"

"É algo que vem de dentro", disse Carl. "Ela está tão magra. É como se estivesse se entregando; sua caixa torácica parece a de um pássaro. Ainda é deslumbrante. Estava usando um tipo de conjunto de camurça num tom de rosa desbotado que deve ter sido lindo. Mas aí, quando pensei nela depois, não conseguia entender o porquê de ela ainda *fazer* isso. O porquê de ela fazer qualquer coisa."

Os pilares desengonçados do subsolo do Chateau Marmont suportam o passado. Os fantasmas e as fúrias do jardim de Alla Nazimova acabaram atravessando a Sunset quando o respeitável prédio da instituição bancária foi erguido por Bart Lytton. Ele deve ter achado que poderia simplesmente chegar e construir e que o Garden of Allah cessaria de existir, mas alguns anos depois ele perdeu tudo, e não muito tempo depois, desolado, se matou. Esse é o problema com Hollywood; as coisas que não existem provavelmente vão matá-lo, se você mexer com elas. A personalidade dele morreu com ele, e agora o lugar não tem estilo algum; deixou de ser Lytton Savings e passou a se chamar Great Western, e é totalmente sem graça, neutro. Uma pequena maquete do Garden of Allah está na frente para que os turistas curiosos possam ver como já foi um dia.

Deve ter sido maravilhoso quando o século era jovem e as coisas se deixavam imprimir com um brilho tão vívido e flagrante que a aproximação de um incêndio em uma noite estrelada conseguia iluminar, até para uma atriz da Crimeia, esse senso de "lugar" — que não havia nada a se querer das coisas materiais, nada a ser salvo.

O texto foi composto em ITC Galliard Pro, corpo 10,5/15,4.
A impressão se deu sobre papel off-white no Sistema Cameron
da Divisão Gráfica da Distribuidora Record.